토론을 토론하다

KB143088

토론을 토론하다

발 행 | 2017년 8월 18일
지은이 | 강종진 외
발행인 | 신중현
펴낸곳 | 도서출판 학이사

출판등록 : 제25100-2005-28호
주소 : 대구광역시 달서구 문화회관11안길 22-1(장동)
전화 : (053) 554~3431, 3432
팩스 : (053) 554~3433
홈페이지 : http : // www.학이사.kr
이메일 : hes3431@naver.com

ISBN _ 979-11-5854-094-4 03800

討論을 討論하다

강종진 외 지음

學而思 학이사

아카데미를 마치며, 시작하며

강 종 진

작은 기대와 설렘 속에 다가왔던 4월 6일이었다. 첫 만남에서 간단한 자기소개와 함께 서평강좌가 시작됐다. '독하게 독하라' 라는 주제로 2강을 듣고, 눈인사 할 여유가 생겼을 때 내공의 차이가 있다는 걸 느꼈다. 그러나 수업에 임하는 자세는 그런 경력과 지위에 상관없이 모두들 진지했다. 문무학 선생님도 지금이 행복하다고 말씀하시며 너무 열정적이셔서 고마울 따름이었다. 독해력을 향상시킬 필요가 있고, 독서의 임계치는 역사가 인정하는 책 500권 이상을 정확히 읽어야 한다고 하셨을 때는 머리가 어질어질 했지만. 책과 담을 쌓은 지 오래된 나에

겐 앞길이 구만 리 같았지만 어쩌겠는가. 한 발 한 발 나아갈 수밖에.

6월 6일엔 김훈 '현의 노래' 답사를 갔다. 짧은 하루였지만 모두들 행복해 보였다. 즐거운 하루였다.

서평의 가장 큰 이유는 읽은 책을 기억하고 자신의 생각을 정리하기 위해서다. 또한 서평쓰기 이후의 독서는 남는 독서라고 부르는 사람도 있다. '학이사 10주년'에 맞추어 제3기 學而思독서아카데미 수료식을 마쳤다. 이제, 새로운 시작이다. 짧은 기간이어서 더욱 아쉽지만 뜻깊은 시간이었다. 배운 것을 토대로 열심히 읽고, 틈나는 대로 서평을 써볼 생각이다. 책을 쓰는 작가도 있는데 책을 독하게 읽어주는 게 예가 아니겠는가.

책과의 만남이 오래 지속되길 바라며, 끝으로 이 자리를 마련해 주신 '학이사'와, 좋은 강의로 지도해주신 '문무학' 선생님께 감사의 인사를 전합니다.

나에게 책이란?

• 책은 손부채다.

 부채는 바람의 집이다. 펴고 흔드는 수고를 하는 자에게만 바람을 맛보인다. 아무리 좋은 책이라도 읽지 않으면 의미가 없다. 책은 읽어야만 어떤 종류의 바람이든 독자에게 바람을 선사한다. •강여울

• 책은 여행이다.

 여행의 설렘은 또 다른 인생의 활력소가 되고, 자신을 되돌아보고 찾아가는 계기가 되며 삶을 풍요롭게 한다. 이제 나그네가 되어 여행과 독서의 즐거움을 찾아 상상의 나래를 펼쳐보는 것은 어떨까. •강종진

• 책은 내 영혼의 샤넬백.

 책을 읽는다는 건 영혼을 위한 품위 있는 사치.

 전쟁과 기아, 혁명과 생존, 인권과 민주주의…

 지구상에 산적한 일들을 다 제쳐놓고 소파에 한가로이 기대어 앉아 책이나 읽고 있다니?!

그러나 내 영혼은 선구자를 만나야 한다. •김서윤

• 책은 이불이다.

이불을 펴고 그 속으로 들어가 꿈을 꿀 수 있듯이,

책을 펴고 그 속에서 꿈같은 이야기를 만날 수 있다.

이불을 덮으면 따뜻함과 포근함을 느낄 수 있듯이,
책을 덮고 나면 감동과 위안을 받을 수 있다.
이불을 걷고 일어나 활기차게 아침을 맞듯이,
책 속을 걷다보면 용기를 얻고 새로운 시작을 할 수 있다. •김승각

•책은 잃느냐 읽느냐 양자택일이다.
 읽지 않아서 잃었다. 잃는지도 모르는 사이에. 책도, 청춘도,
세월도…. 잃지 않으려고 읽는다. 한 권 한 권, 읽고 또 읽다
보면, 사람도, 세상도, 오늘 내 삶도 읽는다. 잃느냐 읽느냐,
이 또한 문제다. •김준현

•책은 애인같은 친구, 친구같은 애인이다.
 여행갈 때 제일 먼저 챙기는 것, 침대 머리맡에서 조금은 뻐
딱하게 놓여져서 나를 바라보는 것, 고요한 날이면 가장 먼저
내 안으로 찾아와 나를 깨우는 것이 책이다. •이영옥

•책은 '틈' 이다.
 현대인에게 삶은 '바쁨' 인데, 그 속에서 책은 틈을 준다. 아
무리 속독을 해도 책을 한 장씩 넘기는 데는 물리적인 시간이
필요하다. •장창수

•책은 '앨리스' 가 쫓아간 '시계토끼' 다.
 전에 없던 새로운 세상을 만나는 길로 인도해주니까. •최유정

차례

비문학 _ 정의도 보물이다

아동 _ 숨은 이야기 찾기

책과 함께 떠나는 여행

수료식 스케치

문학

내 모습이 거기 있을 것이다

힘없는 나라의 슬픈 노래

『남한산성』, 김훈, 학고재

|

강 종 진

저자 김훈은 대한민국 대표 소설가이자 문학평론가이며, 한때 경향신문 편집국장을 지낸 바 있다. 신문기자 시절 작가는 『한국일보』에 '문학기행'이라는 평론을 연재했으며, 1994년 겨울 『문학동네』 창간호에 「빗살무늬 토기의 추억」으로 작가로 데뷔했다. 이때 그의 나이 47세였다. 작가의 대표 작품으로는 『칼의노래』, 『현의노래』, 『남한산성』, 『자전거여행』, 『화장』 등을 들 수 있다.

현재 출판되는 남한산성은 개정판이다.(2007년 초판 인쇄) 100쇄를 넘기면서 '못다한 말'과 화가 문봉선의 그림으로 새롭게 디자인했다. 남한산성은 역사적 사실에 작가의 상상력을 덧붙여 나라가 처한 위기 속에서 고뇌하는 인조의 내면, 신하들의 대립과 민초들 각자의 처지에서 펼친 각양각색의 대처방안을 간결하면서도 힘 있는 문체로 서술했다. 주위 상황이나 군상들의 모습을 사실적으로 묘사한 것이 특징이다.

　작가는 현재 문학이 현실 속에서 자리가 어디인지를 알고, 스스로를 표현하기 위해 오늘도 작품활동에 매진하고 있다. 그는 어디까지나 이 책이 소설이며, 오로지 소설로만 읽혀야 한다 생각하는 사람이다. 그의 작품도 그렇게 읽히기를 바라고 있다.

　청병은 북서풍처럼 다가왔다. 말을 탄 적들은 눈보라를 휘몰고 다가왔다. 서울을 버려야 서울로 돌아올 수 있다는 말은 그럴듯하게 들렸다.

　칸은 각서를 보내 군신의 예를 요구했다. 대군과 빈궁을 강화도로 보내고, 임금은 길이 막혀 남한산성으로 향했다. 일대 소란이 일어났다. 김상현은 형 김상용의 전갈을 받고 남한산성으로 가던 중 강길을 안내하던 사공의

목을 베고 지나갔다.

서날쇠는 눈썰미가 매서운 대장장이였다. 농장기, 병장기, 목수의 연장, 대바늘, 굵은 실, 약, 화약, 톱 등을 만들었다.

추위와 배고픔에 군병들은 손에 창이나 활을 쥘 수 없었고, 손이 얼고 굽어서 제 손으로 밥을 먹지 못했다. 임금이 내행전 마당에 버선발로 내려섰다. 어깨가 흔들리고 깊게 처졌다. 초가지붕도 말먹이로 쓰였다. 주린 말들은 혀를 내밀어서 풀뿌리를 핥았고 풀냄새를 찾았다. 말들의 죽음은 느리고 고요했다.

간밤에 계집아이가 성안으로 들어왔다. 길잡이 사공의 늦둥이 딸 나루였다. 김상현은 나루를 서날쇠에게 주었다. 서문으로 들어온 용골대의 문서는 나흘만에 어전에 보고됐다. 최명길은 화친의 뜻을, 김상현은 문서를 불태워 싸우고 지키려는 뜻을 아뢰었다. 칸이 청천강을 넘었다는 소문이 낮게 깔려 들끓었다. 삼전도 본진을 출발한 청군이 망월봉에 포대를 설치했다.

빙고를 정리하다가 밴댕이젓 한 독을 찾았다. 내관들

이 성안을 돌며 생선 두어 마리와 젓국 반 홉을 나누어 주었다. 성 안에는 말, 개소리가 끊겨졌다. 수라상에 닭 다리 두 개가 오르고 다음날부터 닭은 울지 않았다.

삼정승이 조복을 갖추어 입고 온조사당에 제를 올렸다. 삶의 영원성만이 치욕을 덮어서 위로할 수 있는 것이다. 최명길은 생각했다. 아침마다 이시백의 물동이가 성첩으로 올라갔다. 겨울이 깊고 추위가 영글어서 얼음으로 버티는 성첩의 구간은 단단했다.

민촌에서 설날 아침에 불을 때서 연기를 올렸다. 끼니가 없는 백성들도 빈 솥단지에 불을 때서 연기를 올렸다. 묵은 눈이 갈라진 자리에 햇볕이 스몄고 흙 알갱이 사이로 냉이가 올라왔다. 임금과 신료, 백성, 군병, 노복들이 냉잇국에 밥을 말아 먹었다. 냉잇국 국물은 체액처럼 퍼져서 먼 창자 끝을 적셨다.

정축년 정월 초순 송파강이 풀렸다. 얼음에 박혀 있던 주검들과 달구지와 화포들이 물 밑으로 가라앉았다. 새물이 흐르는 강은 향기로웠다. 지저귀는 물위로 물비늘이 튀었다. 봄은 빠르게 왔다. 향병들이 옷을 벗어 이를 털고, 민촌의 노인들이 볕을 쬐었다. 소, 말, 개, 닭들의 울음이 끊겨 민촌의 봄은 고요했다.

칸의 문서가 들어왔다.

여러 가지를 묻더구나. 나는 살고자 한다. 그것이 나의 뜻이다.

김상헌이 말했다. 살고자 할진대, 문서를 보내지 마옵소서.

밤중에 임금이 최명길을 불렀다. 당하관 세 명이 먼저 와 있었다. 칸에게 보낼 문서를 지어 올리라고 명했다. 최명길은 먹을 갈았다.

전하. 신의 글은 글이 아니옵고 길이옵니다. 전하께서 밟고 걸어 가셔야 할 길바닥이옵니다. 신은 아직 무너지지 않은 초라한 세성에서 만고의 역적이 되고자 하옵니다.

밤중에 승지를 불러 국새를 찍었다.

망월봉에서 터지는 화포소리는 내행전 마루에서도 들

렸다. 행궁 담장이 무너졌다. 저녁 밀물에 청병 일 만이 월곶나루를 건너 강화행성을 도륙했다. 청병들은 마니산 정상에서 점심을 먹은 뒤 하산했다. 청병들이 다가왔고 싸움은 새벽에 끝났다. 동장대 먼동이 텄고 살아남은 군병, 훈련도감, 어영청 군사들은 병장기를 버렸다. 군병들은 나아가자고 소리쳤고 당하관들은 나가지 말자고 울었다. 윤집과 오달제가 청으로 가기를 자청하는 차자를 올렸다. 임금은 서안에 쓰러졌다.

임금은 새벽에 성을 나갔다. 성안에 남은 이는 통곡하며 절했다. 왕은 오랫동안 이마를 땅에 대고 있었다. 볕에 익은 흙은 향기로웠다. 조선왕은 이마로 땅을 찧었다. 삼배를 마쳤다. 긴 하루가 저물었다. 남한산성에는 닷새 치의 군량과 밴댕이젓 한 항아리가 남아 있었다. 성안에 봄빛이 가득했다. 백성들이 성 안으로 돌아왔고 봄 농사를 시작했다. 서날쇠가 다시 대장간으로 돌아온 날 나루는 초경을 했다.

줄거리를 정리하면서 나는 이 책에 나름대로의 부제를

붙여보았다. '힘 없는 나라의 슬픈 노래' 라고. 이 글의 문장은 시적이고, 간결하면서도 힘있는 문체다. 또한 사실적이고도 감성적인 묘사를 통해 현장의 공간적인 느낌에 빠져들게 하는 맛이 있었다. 글을 읽는 모든 독자들에게 한번 정독하라고 권하고 싶다.

"남한산성에 시간은 서두르지 않았고, 머뭇거리지 않았다. 군량은 시간과 더불어 말라갔으나, 시간은 성과 사소한 관련도 없는 낯선 과객으로 분지 안에 흘러 들어왔다. 저녁이 되고 아침이 되고 저녁이 되었다. 쌓인 눈이 낮에는 빛을 튕겨냈고 밤에는 어둠을 빨아 들였다. 오목한 성안에 낮에는 빛이 들끓었고 밤에는 어둠이 고였다. 짧은 겨울 해가 넘어가면 어둠은 먼 골짜기에 퍼졌다. 하늘이 팽팽해서 별들이 뚜렷했다. 성벽이 밤하늘에 닿아 있었고 모든 별이 성벽 안으로 모여서 오목한 성은 별을 담은 그릇처럼 보였다."

특히 좋았던 부분을 두 문단만 뽑아보자면, "그해 겨울은 일찍 와서 오래 머물렀다."로 시작하는 부분과 "냉잇국 국물은 체액처럼 퍼져서 창자의 먼 끝을 적셨다."는 부분이다. 특히 후자는 임금과 백성 모두가 냉잇국을 통해 처음으로 한마음이 되는 것을 느낀다.

특별히 남는 인물이 있다면 서날쇠이다. 그는 만능 재주꾼이고, 행동가였다. 또한 그는 김상헌의 뜻을 따라 임금의 격서를 지방의 근왕병에게 전하는 임무를 달성했다. 작가가 이야기를 풀어나가기 위해 만든 작가를 대변하는 이야기 속 인물이기도 했다.

『남한산성』은 주전파, 주화파 관료들의 끝없는 언쟁이었고, 민초와 군병들의 춥고 배고픔 그리고 이를 가엾게 여기는 인조의 내적갈등을 보여준다. 모든 것은 힘없는 나라의 슬픔이고 고통이었다.

바리의 노래 위로의 노래
『바리연가집』, 강은교, 실천문학사

|

김 서 윤

바리가 노래한다. 바리를 노래한다. 일흔을 훌쩍 넘긴 시인 강은교(1945)의 열세 번째 시집 『바리연가집』(2014, 실천문학사)을 읽는 두 가지 코드다. 바리는 누구인가? 바리데기 신화에 나오는 버림받은 딸이라고도 하고, 만신의 조상이라고도 한다. 그러나 강 시인은 "현대의 거리를 걷는 바리데기가 돼야 한다."고 말한다. 필자는 이렇게 생각해 본다. 상실감과 거절감으로 상처 입었으나 그 아픔을 딛고 성숙함으로 거듭난 인간 바리. 그 존재의 여정을 시인은 "바리가 걸어간다."고 노래한다.

"바리가 걸어간다/ 바리가 걸어간다/ 푸른 지평선 황토 치마 벌리고/ 한 모랭이 지나 화살표 사이로/ 두 모랭이 지나 화살표 사이로/ 바리가 걸어간다/ 마음 떨며 바리가 걸어간다"

- 「서면」 중에서

4차 산업혁명이 거대담론의 주제가 되고 시시각각 변해가는 오늘 속에서 인류의 운명이 어디로 흘러갈지 내일을 예측하려 몸부림치는 이 시대에 시인은 왜 자신의 시詩세계에 신화적 인물인 바리를 초청한 것일까? 바리는 곧 간절함을 마음에 담은 우리들 한 사람 한 사람의 염원이자 오늘의 우리이기 때문이다. 상처 없는 사람이 어디 있으랴. 또한 아픔을 보고 눈물 흘리지 않을 자 어디 있으랴. 아무것도 잃어보지 않은 자가 타인의 아픔을 공감하고 싸매어줄 수는 없을 것이다. 바리공주가 죽음의 문 앞에 선 부모를 살려내려 꽃을 구해오기까지 그 고뇌는 어떤 색깔이었을까? 세월호 사건과 같은 해 같은 달이 세상에 나온 『바리연가집』처럼 눈부신 노랑이었을까?

너와 나의 노래이자 강은교 시인의 자서전 같은 연가는 '아물아물해지는 그들의 자유'(「詩, 그리고 황금빛 키스」 중에서)처럼 기억의 저편 어느 공간을 채우며 흐르고 있다. 삼년상을 치러낸 배는 물을 떠나 뭍으로 오고 우리의 흐느낌도 잦아들고 있다. 어떤 이는 이제 잊혀 질 때도 되었다고 말할 것이다. 는개 오는 날의 스산함에 가슴 시리듯 이미 흉터 된 자리가 짐짓 아리다.

바리 같은, 바리 된, 바리인 너 혹은 나를 부르는 강은교 시인은 '구태여 시를 읽을 필요가 없고 시인이 따로 있는 게 아닌 요즘, 시인이란 아름다움을 꺼내고 세계를 긍정하는 사람이 아닌가 한다.'고 말했다.(서울신문, 2011년 10월 22일) 첫 시집 『허무집』(1971, 70년대동인회)으로부터 열세 번의 언덕을 넘은 강 시인은 비로소 『바리연가집』을 통해 아름다움과 긍정으로 이 세계를 노래하기에 이르렀다. 색상환을 펼쳐놓은 듯 감각적인 언어로 춤추는 그녀의 생생한 표현은 심력心力의 표출이기도 할 것이다. 가락이 눈에 보이고 움직임이 귀에 들리는 명무名舞가 시어詩語로 되살아난 듯, 강은교 시인은 만신이 되어 덩더쿵 덩

더쿵 춤을 춘다.

　"모든 자유의 허벅지들이 열리는
　무한히 계속되는 이 밤
　이상의 처마 끝에 등불을 내거노라"

- 「어느 춤에게」 중에서

　삶의 언저리에 고요히 내려앉은 먼지처럼 작디작은 나의 존재를 소중하다 일깨워준 시詩. 이렇듯 들리고 보이는 위로의 숨길이 시라는 것을 왜 몰랐던가. 그리고 나의 삶 터 속에 시는 존재한다는 것을 왜 생각지 못했을까. '만덕터널 가는 길'(「셀프 주유소」 중에서)이나 '김 오르는 다리미'(「부부세탁소」 중에서)도 시상詩想을 이끌어주었다는 이 섬세한 생의 태도는 비단 시인만의 것이어야 함은 아닐 것이다. 삶을 향한 시선과 위로의 손길이 우리 모두를 시성詩聖 되게 할 수는 없을지라도, 시생詩生을 살게 할 수는 있지 않겠는가.

　강은교 시인의 숨결 담긴 『바리연가집』은 그 아름다움

과 세계에 대한 긍정을 인정받아 2015년 제7회 구상문학상 본상과 같은 해 제18회 한국가톨릭문학상 시 부문에서 수상했다. 바리공주가 부모를 살리고 그 공덕을 인정받았듯이 이 시대를 위로하고 슬픔을 감싸 안은 공로가 사람의 마음과 마음을 이어준 것이리라. '피틀의 계단들을 핥'(「나의 거리-강은교 씨를 미리 추모함」 중에서)으며 써내려간 강 시인의 연가는 바다를 떠나 내 귀로 옮겨 온 진주처럼 영롱함이 되어 귓전에서 잔잔히 울려 퍼지고 있다.

서로 통하기 위한 모든 말

『배를 엮다』, 미우라 시온, 은행나무

김 승 각

언젠가 「우드잡」이라는 일본 영화를 본 적이 있다. 한 청년이 외딴산골의 벌목꾼으로 취업하는 과정을 그린 작품이다. 잔잔한 일상의 내용으로, 마음을 편안하게 해주는 점이 좋았다. 이후 영화의 원작이 있었으며, 그 원작자가 일본의 여성 소설가이자 수필가인 미우라 시온이라는 것을 알게 되었다. 일본에서 대중적으로 높은 인지도가 있는 나오키상과 서점 대상을 둘 다 받은 최초의 작가. 당장 그 원작을 비롯해 미우라 시온의 여러 작품을 찾아보게 되었고 그때부터 빠져들기 시작했다.

『배를 엮다』는 '대도해'라는 사전을 편찬하는 겐부쇼
보 출판사 사전편집부의 이야기다.

하나의 책이 나올 때까지 많은 시간과 정성 그리고 노
력이 필요하다는 것을 일반인들은 잘 알지 못한다. 소비
자들은 대형문고에 가득히 쌓인 책이나 인터넷서점의 이
미지로 책의 외형만 알 뿐이다. 그 책 중에도 '사전'은 그
것들이 어마어마하게 많이 필요하다는 것을 이 작품이
조용히 보여준다.

전자사전, 컴퓨터, 스마트폰 등이 사전을 대체하는 요
즘 옛날 방식의 종이사전은 출판사에서도 찬밥신세다.
자본주의 시대에서 제작비만 많이 들고 잘 팔리지 않는
책은 그것을 만드는 사람들에게도 큰 영향이 있다. 그들
은 왜 인기 없는 사전에 매달릴까?

번쩍번쩍한 대형출판사 겐부쇼보 본관의 옆 작은 별관
에서 30년이 훌쩍 넘도록 사전을 편집하고 있는 아라키
는 은퇴를 앞두고 자신을 이어 '대도해'를 만들 사람을
찾아 나선다. 다행히 영업부에 있던 마지메 미쓰야를 발

견하고 '대도해'의 기획의도를 들려준다.

"사전은 말의 바다를 건너는 배야."

"사람은 사전이라는 배를 타고 어두운 바다 위에 떠오르는 작은 빛을 모으지. 더 어울리는 말로 누군가에게 정확히 생각을 전달하기 위해, 만약 사전이 없었더라면 우리는 드넓고 망막한 바다를 앞에 두고 우두커니 서 있을 수밖에 없을 거야."

-P.36

이렇게 아라키가 마지메를 사전편집부로 데려오면서 본격적인 이야기가 시작된다.

'소운장'이라는 오래된 하숙집에서 홀로 지내는 숫총각 마지메는 다른 사람과의 의사소통이 어렵다. 오랫동안 알고 지내온 하숙집 주인 할머니만이 친하게 지내는 거의 유일한 사람이다. 마지메는 왕따처럼 회사생활을 해도 그게 나쁘거나 불편함조차도 느끼지 못할 만큼 책과 언어 이외에는 관심이 없다.

그가 사전편집부로 들어와 좋은 사람들을 만나고 '대도해' 라는 목표를 갖게 되면서 차츰 '주변' 을 둘러보고 '말' 을 건네면서 어엿한 가정의 남편으로, 믿음직한 직장 동료이자 상사로 변화하기 시작한다.

이미 지난 물건이라 생각한 사전이 요즘의 뜻을 새롭게 담아 시대에 발맞춰 나가듯이 사회에서 한 발짝 뒤쳐져 보이는 사람 또한 본인의 능력을 깨우치고 앞으로 나가는 모습을 '마지메' 를 통해 보여준다.

이 작품에는 격정적이고 급박한 사건은 등장하지 않는다. 100만 개 이상의 용례채집카드를 타사 사전들과 비교하고 대조, 검토하는 지루한 작업, '대도해' 발간 조건으로 선행된 소형사전 개정판 출간, '미끈거리는 손맛' 이 느껴지는 속지 찾기, 마무리 작업인 일명 '겐부쇼보 지옥의 진보초 합숙' 교정까지.

중간 중간 마치 사전의 한 페이지를 보는 듯 표제어와 해석을 첨가하여 친절히 일본어 뜻풀이를 해주며 아라키, 마지메, 니시오카, 기시베 순의 관점으로 15년 동안의 이야기를 보여준다.

기획부터 출간까지 책 한 권을 만드는(정확히는 사전을 만드는) 평탄하지 않은 과정들이 소설로 쓰여 졌지만 바로 이게 출판의 일상적인 모습일 것이다.(단, 마지메의 연애 내용은 현실에선 이루어지기 힘든 정말 소설 같은 이야기다.)

"공금이 투입되면 내용에 간섭할 가능성이 없다고 할 수 없겠지요. 또 국가의 위신을 걸기 때문에 살아 있는 생각을 전하는 도구로서가 아니라 권위와 지배의 도구로서 말을 이용할 우려도 있습니다."

"말이란, 말을 다루는 사전이란, 개인과 권력, 내적 자유와 공적 지배의 틈새라는 항상 위험한 장소에 존하는 것이죠."

"말은, 말을 낳는 마음은 권위나 권력과는 무연한 자유로운 것입니다. 또 그래야 합니다. 자유로운 항해를 하는 모든 사람을 위해 '대도해'가 그런 사전이 되도록 계속해서 마음을 다잡고 마무리해 나갑시다."

- P.288

국가가 공금을 투입하여 사전 제작비용을 댄다는 이야

기에 대한 마쓰모토 선생의 '말'에서 문학작품, 영화, 연극 등 소중한 문화콘텐츠에 대해 정부의 입맛에 맞지 않는 사람이나 작품을 블랙리스트로 만들고 이들을 지원에서 배제하는 부끄러운 현실이 떠오른다.

"감사라는 말 이상의 말이 없는지, 저 세상이 있다면 저 세상에서 용례채집을 할 생각입니다."

언제 어디서나 용례채집카드를 갖고 다니며 처음 알게 된 말이나 새로운 용례를 메모하는 마쓰모토 선생의 편지 '글'을 통해 각자의 일에 자부심을 느끼고 최선을 다하는 사람들의 열정을 느낄 수 있었다.

작가는 독자에게 전한다.

"누군가에게 마음을 전하고, 누군가와 서로 통하기 위해서 모든 말이 있는 것이다."

사투死鬪

『노인과 바다』, 헤밍웨이, 민음사

김 준 현

한국의 젊은 독자들에게.

지난 겨울과 올봄, 거기서 일어난 정치·사회 현실을 이곳 코히마르Cojimar에서도 들었네. 2017년 새로운 희망의 돛을 올린 그대들의 항해에 순풍이 불어 주기를 기대하며 60년이 지났지만, 여전히 내 이야기 『노인과 바다』에 관심을 둔 독자들에게 진심으로 고마움을 전하네.

'사투死鬪'. 그 3일 동안을 난 이렇게 기억하네. 85일 만에 큰 고기가 한 마리 걸렸지. 이틀 동안 팽팽하게 대결했고 온몸에 기력이 다 빠져나갈 지경에야 내 조각배보다 더 큰 그놈을 잡았네. 곧이어 물어뜯으려 달려드는 마코 상어·삽상어. 그 족속들을 바다에 다시 처넣었지만, 항구로 가지고 온 건 거물의 대가리와 뼈, 꼬리뿐.

오랜 벗 헤밍웨이가 '사투'를 짧고 힘 있는 글로 표현했고, 솜씨로 봐서 퓰리처상, 노벨문학상을 받는 건 당연지사. 그 친구는 내 이야기를 군더더기 없이 썩 잘 그렸고, "희망을 버린다는 건 어리석은 일"이라는 늙은 어부 생각을 존중해 주더군. 이런 점에서 구레나룻이 멋진 이 친구에게 천국에 가서도 고맙다고 말할 거네. 불행하게 생을 마감해서 얄밉긴 하지만.

'사투'를 폄훼하는 독자도 나는 잘 알지. 미국식 보이스카우트 이야기, 할리우드Hollywood 영웅의 전진 스토리. 이런 비난을 겸허히 듣고 있네. 삶이 싸움인가? '윈윈win-win' 해야지. 이건 좀 고상한 비판이고. 반쯤 뜯어 먹힌 물고기라도 얼른 배에 싣고 와야지. 현명하지 못하게 배 옆에 계속 묶은 채 돌아오다니. 경험에서 우러나지 않는 이런 말까지. 어쨌든 나는 이 사람들 모두를 존경하네. 『노인과 바다』 독자로서.

묻겠지. 여름 내내 왜 그렇게 바다에 나갔고, 늙은이 주제에 가당치도 않게 왜 그리 큰 고기를 당기려 했냐고? 게다가 상어 떼와 대결이라니. 왜? '상어 떼가 득실대는 바다 같은 곳에서 끊임없이 도전하는 게 인생'이라는 어설픈 교훈을 주려고. '케바Que va.' 그럴 바에야 도덕 교과서를 쓰지. '거기에 바다가 있으니까 간다.'는 말 또한 맹랑한 헛철학(?)이지 내가 할 대답은 아니네.

그대, 독자! 바다에 나가본 적 있나? 먼 바다. 낭만으로 포장한 여행지 바다 '라 마르la mar' 말고, 생生과 사死를 결단하는 진짜 어부들 바다 '엘 마르el mar'. 검푸르게 어두운 물, 어른 키보다 세 배나 큰 물고기, 가늘게 찢어진 누런 눈깔로 자네를 빤히 쳐다보는 상어. 60년 전 그 '엘 마르'에 자네가 있었다면? 그래. 상상하는 바로 그거네.

"행운을 파는 곳이 있다면 조금 사고 싶다."는 생각도 잠시 했네만, 처음 온 상어들을 물에 처박은 후 결단했지. "이대로 곧장 배를 몰다가 불운이 닥치면 그때 맞서 싸우자고." "좋은 일이란 오래가지 않는 법"인가…. 그놈들이 물어뜯을 거라고는 물고기 뼈만 남았을 때 사투는

끝이 났지. 그 3일이 내 삶, 인생에 어떤 의미냐고 또 궁금한가? 이제는 헤밍웨이한테 묻게.

늙은이는 말이 많지. 온 세상이 다 알고 있는 이야기 주인공인 나도 예외는 아니었네. 코히마르로 오게. 『노인과 바다』를 들고. '구레나룻' 그 친구가 놓친 부분은 우리가 엮어 나가세. 다음 이야기 주인공, 그대를 기다리며….

The Old Man, Santiago.

July 01. 2017. Cojimar Havana, Cuba

순실의 시대, 절망 속에 뽑아든 쿠키 통 속 쿠키

『상실의 시대』, 무라카미 하루키, 문학사상

남 지 민

패러디 '순실의 시대'는 『상실의 시대』의 기억을 소환하게 했다. 10대에 언니가 읽던 책을 무슨 의미인지도 모르며 읽었던 이 책은 내 기억의 강 저편에 있었다. 『상실의 시대』는 무라카미 하루키의 자전적 소설이다. 1960년대 말에서 1970년대 초, 일본의 젊은이가 10대에서 20대로 성장하면서 겪은 성장통 소설이기도 하다. 현대인이 앓고 있는 마음의 병을 갖고 있다는 점에서 본다면 그때나 사십 년이 훌쩍 넘은 2017년이나, 일본이나 한국이나 별반 다른 점이 없다.

37세가 된 주인공 와타나베는 독일 함부르크공항을 착륙하는 비행기 안에서 흘러나오는 음악 비틀즈의 '노르웨이의 숲'을 들으며 문득 18년 전의 나오코를 기억해 낸다. 당시 나오코는 고등학생이었고 기즈키라는 친구의 여자 친구였다. 와타나베는 이들과 자주 만나 시간을 보냈다. 그러던 어느 날 기즈키가 자살을 하고, 이 일로 나오코와 와타나베는 경찰서로 불려 다니며 조사를 받는 등 감흥 없는 고교 시절을 마감한다.

도쿄 인근 사립대학에 입학한 와타나베는 기즈키의 여자 친구 나오코와 사랑에 빠진다. 그러나 나오코는 자살한 기즈키에 대한 기억 때문에 심리 상태가 많이 나빠져 교토 북쪽 외곽에 있는 요양원에 들어가게 된다. 와타나베는 요양원에서 나오코와 함께 지낸 레이코를 만나게 되고, 나오코가 안정이 되어가는 것을 보고 돌아온다. 그리고는 나오코에게 자주 편지를 쓰며 일상의 삶을 살아간다.

그후 나오코의 상태는 와타나베의 편지에 답장을 할 수 없을 정도로 나빠진다. 그래서 다른 병원으로 옮겨졌고, 나오코는 결국 죽음을 택했다. 와타나베는 그 충격으로 여행을 감행한다. 노숙에 끼니를 거르기도 하고, 막노동으로 돈을 벌기도 한다. 그냥 발걸음과 세월에 그를 맡겨버린다. 그리고 그에게 남겨진 슬픔을 울음으로, 노동으로, 자기학대로 날려 버리려고 한다. '죽음은 삶의 반대편 끝에 있는 것이 아니라 우리 삶 속에 내재해 있는 것이다.'라며 도쿄로 돌아와 자취방에 칩거한다.

그때 나오코와 요양원에서 함께 지낸 레이코가 찾아와 슬픔과 삶의 무게를 교감하고 위로한다. 레이코는 나오코의 몫까지 행복하라는 말을 남기고 떠난다. 이 책에 등장하는 비틀즈나 레이코가 부른 포크 송, 헨리 멘시니의 '디어헌터' 등 많은 음악은 추억의 감성을 적신다. 또 『위대한 캐츠비』를 시작으로 조셉 콘래드의 『로드 짐』, 『수레바퀴 밑에서』 등 등장하는 소설책들은 지적인 욕구를 자극한다. 그리고 와타나베가 먹었던 음식과 행한 장소에 대해 호기심도 발동하게 한다.

'순실의 시대'에서 시작된 허탈함은 『상실의 시대』의 와타나베가 10대, 20대에 마주한 죽음에 관한 것과 다르지 않다. 그리고 '인생은 비스킷 통 같다.'는 소설 속 미도리의 말에 희망의 메시지를 나에게 건네 본다. 나오코와 와타나베가 함께 걸었던 교토 아미료의 숲길을 문득 걷고 싶다. 죽음과 그것을 대면한 청춘의 아픔을 삶의 책임감으로 살아가려 한 와타나베를 중심으로, 그것을 이겨내지 못하고 방황하는 나오코의 스토리의 씨줄과 와타나베 주변 인물과의 스토리가 날줄로 엮어진 청춘보고서이다.

중년이 되어 바라보는 『상실의 시대』는 앞으로 삶을 잘 살아내라는 채찍질이면서 위로와 격려의 메시지이다. 이 책을 읽는 동안 청춘의 아픔도 희망으로 읽혀지고 청춘의 방황에 동승할 수 있어 잠시 설레었다. 지난해 말부터 계속된 최순실 국정농단에 관한 일련의 사태는 대한민국 민주주의 성장통이다. 그리고 촛불민심은 그 절망 속에 뽑아든 쿠키 통 속 쿠키라는 희망이었다.

내 모습이 거기 있을 것이다[1)]

『동물 농장』, 조지 오웰, 민음사

서 미 지

자정이 지날 무렵, 자취방으로 같은 과 동기 몇이 찾아와 어려운 부탁이 있다고 했다. 일행에 과대표까지 있어, 믿고 따라 나섰다. 달이 훤한 길인데도, 어둡고 길게 느껴지는 밤이었다. 길 끝 좁은 방엔 담배연기가 자욱했다. 문 앞에 엉거주춤 앉자, 방 저쪽 여자가 눈을 마주쳤다. 담배연기를 입에 물고, "새내기네. 나도 저런 때가 있었는데."라고 했던가? 다음날 아침, 그녀의 담배연기 속에

---

1) '살인자의 기억법', 김영하.

서 새벽까지 쓴 것들이 학교 곳곳에 나붙었다. 그리고 피 끓는 목소리로 외치는 그녀를 보았다. 블랙리스트 맨 윗 자리라, 짧고 강하게 출정연설만 하고 사라진다는 그녀 였다. 북소리조차 뚫는 그녀의 "나가자!" 한 마디에 군중 은 일제히 교문 밖으로 쏟아져 나갔다. 이십여 해가 흘렀 어도, 심장을 들썩이게 했던 그녀의 뜨거움이 버거웠던 기억이 선명하다.

영국의 소설가 조지 오웰(George Orwell 1903~1950)의 『동물 농장』에 등장하는 늙은 수퇘지 메이저가 동물들에게 반 란을 일으키라고 역설한다. "동무 여러분, 우리 삶의 이 모든 불행이 인간의 횡포 때문이라는 게 명백하지 않소? 인간을 제거하기만 하면 우리의 노동 생산물은 모두 우 리의 것이 됩니다. … 그렇다면 우리가 할 일이 무엇입니 까? 우리는 온 신명을 바쳐 인간이라는 종자를 뒤집어엎 는 일에 나서야 합니다. 동무들, 이것이 내가 여러분에게 주는 메시지요. 반란을 일으키라, 반란을!" 나는 이 부분 에서 이십 대의 그녀가 핏발 세워 소리치던 뜨거움을 다 시 느꼈다. 아마도 억압의 굴레를 벗기 위해서 먼저 행동하기를 바라는 메시지가 닮아있기 때문일 것이다.

반란은 싱겁게 끝난다. '뭐가 어떻게 된 건지 동물들 자신도 미처 깨닫지 못한 사이' '메이너 농장'은 '동물 농장'으로 바뀌어 있었다. 메이저의 가르침을 사상으로 발전시키고, 반란 준비를 조직화하는 일은 젊은 돼지 세 마리가 맡았다. 쾌활하고 말 잘하는 스노볼, 몸집이 크고 사나워 뵈는 나폴레옹, 언변이 뛰어난 스퀄러의 주도로 '동물주의'라는 사상체계가 만들어진다. 이 사상을 동물주의 원리라는 일곱 계명으로 만들어, 헛간 벽에 큼직하게 써놓는다. "무엇이건 두 발로 걷는 것은 적이다. 무엇이건 네 발로 걷거나 날개를 가진 것은 친구이다. 어떤 동물도 옷을 입어서는 안 된다. 어떤 동물들도 침대에서 자서는 안 된다. 어떤 동물도 술을 마시면 안 된다. 어떤 동물도 다른 동물을 죽여선 안 된다. 모든 동물은 평등하다."

돼지들은 이를 두고 동물들이 지켜야 하는 불가변의 법이라고 했다. 그러나 일곱 계명은 돼지들에 의해 서서히 바뀌어간다. 급기야 일곱 계명은 사라지고 하나만 남게 된다. "모든 동물은 평등하다. 그러나 어떤 동물은 다른 동물보다 더 평등하다." 아무래도 그 '어떤 동물'은 돼지와 개들 같았다. 그들은 자기 식량을 생산하지 않음에도 농장을 위한 중요한 일을 한다고 하였는데, 중요한 일의 대부분이 글자로 빼곡한 서류를 만들거나 그것들을 관리하는 일이었다.

반면에 다른 동물들의 삶은 늘 배고픈 삶이었다. 그럼에도 그들은 행복하다고 생각했다. 사계절 내내 노예처럼 일했지만, 늙은 메이저가 예언한 동물공화국의 일원이라는 명예를 소중하게 여겼다. 지금의 혹독한 노동이 인간을 위한 것이 아니며, 미래의 후손들을 위한 값진 희생이라고 여겼기 때문이었다. 이는 권력을 장악한 돼지들이 타락하여 특권계급으로 변모하는 과정에서 지배자들의 이념을 조작하고 동물들을 세뇌시킨 결과였다. 인간이 동물의 적이라던 돼지들이 어느 날 두 발로 걷기 시작했다. 또 혁명의 일부였던 세력이 지배세력으로 군림하면서, 이웃 농장주들인 인간들과 거래를 하고 이익을 챙겼다.

여기에서 주목할 것은 '동물농장'이라는 공간적 배경
이다. 발단에서의 메이너 농장은 존이라는 인간과 동물
들의 불평등한 관계로 갈등이 시작되는 공간이었다. 존
의 메이너 농장(제정 러시아를 상징)에서 동물들은 존에 의해
자물쇠로 굳게 잠긴 우리에서 자유를 박탈당한 채 살아
간다. 그러나 농장 운영 주체가 바뀌면서, 공간의 의미와
갈등 관계도 변화한다. 스노볼이 집권하는 동물농장(초기
소비에트사회주의)은 동물들이 인간을 몰아내고 혁명에 성공
한 직후의 농장이다. 반란이 성공하고 나서 얼마동안은
계급과 차별이 없는 행복한 사회 같았다. 이상적 공동사
회를 강조한 칼 마르크스와 레닌 사상이 떠오르는 그들
만의 동물주의가 실현되어 가는 것처럼 보였다.

　하지만 이즈음 돼지들 내부에서 권력다툼이 일어나 나
폴레옹이 스노볼을 몰아낸다. 나폴레옹이 통치하는 동물
농장은 우상화된 돼지사진과 사냥개가 지키는 모습에서
공포사회를 보여 준다. 나폴레옹과 돼지들이 독재 체제
를 강화한 농장은 반란 이전보다 더 억압된 장소로 변모
하고, 지배계급과 피지배계급이 생겨난다. 동물농장 속

지배계급인 돼지들이 타락하는 모습은 1917년 러시아 혁명에서 1943년 테헤란 회담까지의 러시아 정치와 자연스럽게 오버랩 된다. 이는 소비에트에 의한 사회주의가 부패하면서 사회주의를 우습게 만든 것에 대한 조지 오웰이 그의 분노가 반영된 것이리라.

이처럼 러시아에 의한 사회주의를 비판하는 것이 사회주의를 위해 필요하다고 생각했던 그는 '동물농장'의 작업 동기를 우크라이나 판 서문에서 자세히 밝힌 바 있다. "지난 10년 동안(스페인 전쟁~소련 대숙청 시기) 나는 사회주의 운동의 재건을 위해서는 '소비에트 신화'를 파괴하는 일이 근본적으로 필요하다고 확신하게 되었다." 이것은 조지 오웰이 사회주의자이면서도 진실의 편에서 규명하고자 하는 것이 무엇인지를 보여주는 대목이다. 그는 『동물농장』에서 권력이 타락하는 과정 속 권모술수의 우민화 정책과 무기력한 민중이 어떻게 사회 전체를 잃고 추락하는지 치밀하게 보여주려고 했다. 결국 조지 오웰이 『동물농장』을 통해 풍자하고자 하는 대상은 어느 한 쪽이 아니라 부패 권력과 어리석은 민중 모두였던 것이다.

소설 마지막에 '동물농장'이라는 이름이 도로 '메이너 농장'으로 바뀐다고 공표된다. 그날 밤 인간들과 돼지들이 뒤섞여 술을 마시고 카드놀이를 한다. 그것을 보고 농장의 동물들이 "누가 누구이고 어느 것이 어느 것인지 이미 분간할 수 없었다."고 표현한다. 이것을 달리 말하면 사회주의와 자본주의가 구분이 되지 않는다는 것을 의미하며, 사회주의 혁명조차 그 세력이 부패하면 소멸을 길을 걷게 된다는 것을 상정하고 있는 셈이다. 조지 오웰이 사회주의의 소멸을 이야기 했다고 하기 보다는 타락한 지배 권력과 무지하고 맹목적 태도의 민중이 걷게 되는 최후를 우화로 보여주고자 한 것으로 보인다.

동물농장을 읽는 동안 적잖이 속이 불편했다. 아마도 조지 오웰의 『동물농장』 속 동물들 모습에서 민낯의 나를 만나야하기 때문이었을 것이다. 나폴레옹과 스퀼러의 탄압과 감언이설에 납작 엎드려 있거나 속아 넘어가기 좋은 무지한 민중이 바로 나일 것이기에. 스멀스멀, 이십 대에 만났던 그녀가 다시 떠올랐다. 그녀는 과연 메이저였을까? 스퀼러였을까? 지금은 이 물음조차 공허하다. 분단의 아픔과 통일의 염원이 공존하는 이 땅에! 어제 북쪽에서는 미사일을 쏘아 올렸고, 오늘 남쪽에서는 사드 추가 배치 발표로 뜨겁다. 72년 전 당대를 희화화한 『동물농장』이 낯설지 않음이 당황스럽다. 생산된 시간과 공간이 다름에도 그 의미가 우리의 현실과 닿아 있음이 놀라울 뿐이다. 이것이 우화소설이 갖는 힘이며, 『동물농장』이 지닌 강력한 메시지임을 새삼 느낀다. 오늘을 살고 있는 모든 이에게 한 번, 아니 두 번 읽기를 강권하고 싶은 책이다. 어쩌면 거기에 당신 모습이 있을 것이기에!

영혼을 깨운 사람들

『고요한 종소리』, 장정옥, 성바오로

손 인 선

"모든 국민은 종교의 자유를 가진다." 대한민국 헌법 제20조에 명시된 내용이다. 이렇듯 종교의 자유를 누리게 되기까지는 목숨을 바쳐 믿음을 끝까지 지켜낸 순교자가 있었기에 우리는 저마다 자신이 원하는 종교를 가지고 신앙생활을 하게 되었다. 일상에서 자유가 보장되는 시대라고 하지만, 진정 자유롭지 못하다고 느끼는 것은 나만의 생각일까? 성적, 대학, 취업, 결혼, 승진이라는 단어를 향해 달려가는 사람들에게는 자유보다 스스로를 옭아매는 속박이라는 두 글자가 더 가까이에 있다. 이럴

때 종교는 지친 영혼에 위안을 가져다주는 것이 아닐까?

이 소설은 유교를 중시하던 우리나라에 천주교가 들어와 수난을 겪은 신유박해를 배경으로 한다. 황사영과 그의 아내 정난주 그리고 유일한 혈육인 황경한을 중심으로 현재와 과거를 넘나드는 형식으로 소설은 전개된다. 황사영의 능지처참형 장면을 시작으로 죽임을 당하기까지 과거와 현재가 장마다 바뀐다. 1~9까지의 백서일기는 과거 회상 장면, 백서일기 사이사이 현재를 서술하는 형식이다.

"살아갈 희망이 한 조각이라도 보여야 옹기도 빚고 뚝배기도 빚는 법인디.", "멀쩡한 사람들이 맥없이 죽어 나가는 세상에서 무슨 부귀영화를 누리자고 아등바등 이놈저놈 눈치 보며 아부하고 살까. 누굴 위하자고" 귀동이 시큰한 얼굴로 중얼거렸다.

- P.90

이 시대도 기득권을 가진 사람들이 가진 것을 지키기

위해 맹목적일만큼 앞으로 나아가는 것을 볼 수 있다. 얼마 전 정권이 교체되었다. 많은 사람들이 살아갈 희망 한 조각이라도 가슴에 품고 사는 세상이 오기를 소망하며 고요한 종소리에 마음을 맡겨본다.

황사영의 백서가 북경의 구베아 주교에게 전달되기 직전에 발각되면서 황사영은 능지처참 되고 아내 정난주는 관노의 신분으로 제주도로 유배를 가게 된다. 신분이 세습되던 시대였으므로 정난주는 유배 길에 오르면서 당시 두 살인 어린 아들 황경한을 여수리에게 맡기고 떠났다. 황경한은 뱃사공의 아들 오한서로 추자도에서 자라 스무살에 여수리를 찾아왔다.

아버지 황사영과 가족과 종교 사이에서 끊임없이 반문하며 내적갈등을 겪는 황경한은 비단길에서 그 답을 찾고자 했다. 힘든 줄 알면서 가는 비단길에도 사람이 살고 아름다움이 존재하고 그것을 못 잊어 다시 찾는다는 그 길에서, 황경한은 아버지를 이해하게 된다.

"이 나라는 정직하게 살았던 그들을 먼저 버렸다. 사정이 이러니 임금은 백성의 마음을 모르고. 백성은 임금의 마음을 모를 수밖에. 황사영이 말했다. '잘못되면 나를 밀고하게.'"

- P.266

백서일기 6의 한 부분이다. 밀고의 사전적인 뜻은 '남몰래 넌지시 일러바침'이다. 일이 잘못되었을 경우 많은 사람들에게 피해가 갈 것을 우려해 자신이 은거해 있는 곳을 일러바쳐 그들에게 돌아가는 피해를 최소화시키라고 당부하는 말이다. '밀고하게'라는 말이 자꾸만 귀에 맴도는 것 같다. 누군들 부모, 처자식이 소중하지 않은 사람이 있을까만 저런 말을 하기까지 얼마나 마음을 다잡았겠으며 자신이 가고자하는 길에 대한 믿음이 확고했을지 짐작조차 가지 않는다.

황사영의 부인 정난주 또한 어려서부터 천주교 신자였다. 정난주의 아버지 정약현과 정약전, 정약종, 정약용은 형제간이며 정하상은 정약종의 둘째아들이다. 책에 등장하는 인물로 그들의 가계도를 그려보면 그들 일가의 가족관계를 이해하는데 도움이 된다.

가짜 뉴스가 판을 치고 있다. 매체를 통해 가짜 뉴스를 만들어내는 것도 진실을 가려내는 일을 담당하게 할 일도 AI(인공지능)에게 맡긴다는 얘기를 접한 적이 있다. "제사를 거부한다더라."라는 근거 없는 가짜 뉴스가 신유박해로까지 이어졌듯이 쏟아져 나오는 정보를 접하는 우리는 늘 깨어있는 영혼으로 옳고 그름을 판단하는 자세와 마음가짐이 필요하겠다.

이 책과 김훈의 『흑산』과 정연승의 『북진나루』를 같이 읽으면 맥을 잇는 새로운 흥미가 생긴다. 종교 소설로 읽기보다 역사적인 사건이나 역사 속의 인물로 접근해서 읽어보는 것도 책을 읽는 하나의 방법일 것이다. '고요한 종소리' 를 듣고 싶다. 고요한 종소리를 귀로만 들으려고 고집하지 않아도 된다. 장정옥의 『고요한 종소리』라는 소설을 펴기만 하면 그대는 눈으로 고요한 종소리를 들을 수 있을 것이다.

古典은 苦戰인가

『문학이란 무엇인가』, 장 폴 사르트르, 민음사

|

우 은 희

문학소녀임을 자청한 때가 있었고 그래서 작가를 꿈꾼 적이 있었다. 책읽기가 취미라지만 언젠가부터 편독을 일삼아 왔던 것도 사실이다. 매달 한번 씩 갖는 책읽기 모임에서, 말하자면 古典읽기는 숙제였다. 그러나 필자를 다시 진정한 문학의 세계로 초대하는 듯한 책 제목에 대단히 만족스러웠다. 마음을 가지런히 정리하고 자리에 앉았다. 총 4장이다. 1. 쓴다는 것은 무엇인가. 2. 무엇을 위한 글쓰기인가. 3. 누구를 위하여 쓰는가. 4. 1947년 작가의 상황. 장을 이루는 제목조차도 너무나 쉽고 간결하여 참 착하다는 느낌마저 들어 안도했다.

몇 장을 읽다 말고 잠시 책을 손에서 놓아야 할 일이 생겼는데 돌아와 보니 내가 무엇을 읽었는지 전혀 기억이 나지 않았다. 단 한 줄도. 처음엔 필자의 뇌구조를 의심하였다. 한문도 영문도 아닌 한글을 읽었는데 말이다. 결국 3장을 다 읽지 못하고 던져 놓았다가, 古典은 '남는 게' 있다는 한 회원의 미소를 떠올리며 다시 책을 펼쳤다. 그렇다. 형언할 수는 없지만 분명 남는 게 있는데 그것이 무엇일까. 고전은 대체 우리에게 무엇을 남기는가. 새로운 화두를 안고 다시 읽었다. 엄밀히 말하면 처음 읽은 것은 본 것이 되고, 두 번째로 읽은 것이 '읽기'가 되었다.

이 책은 문학이 가진 사회적 기능인 '참여문학'을 체계적으로 이론화했다는 평가를 받는 참여문학론의 경전이라 할 수 있다. 순수-참여 문학의 논쟁에서 사르트르의 대답 정도가 될 것이다. 두 쪽짜리 서문에서도 밝히듯 한 번도 그렇게 해 본 적이 없으니 이참에 '글쓰기의 예술을 편견 없이 검토해' 보자는 것이다.

처음 책을 보았을 때 각 장의 불연속성 때문에 더 어렵게 느껴졌던 것도 사실이다. 『사르트르의 문학이란 무엇인가 읽기』에서 저자 변광배는 책의 내용을 참여문학론으로 국한시키고 각 장의 물음에 '독자'를 핵심 위치에 둔다면 총 4장의 글이 '아주 강한 논리적 정합성으로 묶여 있다'고 쓰고 있다. 그러니까 '독자를 위한 문학'과 '독자에 의한 문학'인 셈이다.

회화에는 색채가, 음악에는 음조가 사용되듯이 글쓰기는 다른 예술과는 다르게 언어라는 기호를 소재로 삼는다. 저자는 언어를 사물 - 도구의 개념으로 보았다. 있는 그대로 안정된 상태로 존재하는 것이 목적인 회화나 음악과 같이 예술로서의 시어도 사물로 본 것이다. 그래서 참여문학에서는 의미전달을 목적으로 '사용하는' 즉, 도구로서의 언어인 산문만을 문학으로 국한 시킨다. 그래서 이 책에서 작가란 당연히 산문작가를 말한다.

작가는 자유의지로서, 역시 자유의지를 가진 독자에게 어떤 메시지를 전하는 임무를 스스로 맡게 된 것이다. 세계의 어떤 모습 특히 인간의 모습을 드러내 보임으로써 누구도 세상에 대해 자신은 책임이 없노라는 말을 할 수 없게 만드는 것이다. 그러나 쓴다는 것은 언어라는 수단을 통해 기도로써 드러낸 세계를 객관적인 존재로 만들어 줄 것을 독자에게 호소하는 일이다. 작품의 미적대상이 드러날 수 있도록, 작품의 산출에 협력하기를 바라는 마음으로 독자에게 올리는 기도인 것이다. 강압이나 강제가 아닌 호소일 뿐이다.

무엇을 위한 글쓰기인가를 다시 말하면 '왜 쓰는가' 이다. 예술적 창조의 주된 동기는 세계에 대해서 자신의 존재가 본질적이라고 느끼려는 욕망이다. 『사르트르의 문학이란 무엇인가 읽기』에서 저자는 사르트르가 본질적이란 말을 '필수불가결한' 과 동의어로 사용했음을 밝힌다. 사르트르는 무신론에서 비롯한 실존주의다. 인간은 우연히 세상에 던져진-꼭 필요에 의해서가 아닌-잉여존재라는 것이다. 그래서 자신을 창조주로 만든다면 필수불가결한 위치가 확보되는 셈이고 무엇인가에 없어서는 안 될 존재로 있게 되는 것이다.

모든 예술이 타인을 위해 존재하지만 글쓰기만큼은 창조주인 자신의 손을 떠나 타자에 의해 획득되어 다시 재탄생되어야만 창조물로서 존재할 수 있는 것이다. 창조주가 필수불가결한 위치를 확보했음에도 불구하고 다시 필수불가결한 위치의 타자가 필요해져 버린, 이런 변증법이 가장 두드러지게 나타나는 것이 글쓰기의 예술이다. "문학이라는 사물은 야릇한 팽이 같은 것이어서, 오직 움직임을 통해서만 존재하는 것"이다. 그래서 "읽기의 행위가 계속되는 동안에만 존재할 따름"이다. 그런 의미에서 '읽기'의 행위가 없이는 글쓰기의 예술은 완성될 수 없는 것이다.

독자의 '읽기'는 필름이 빛을 받는 것처럼 기호의 자극을 받는 것이 아니라 대상을 활성화시키는 일이다. 독자의 자유의지로 글자 너머의 의미를 명료하게 인식함으로써 스스로 초월해 가는 작업이다. 의도된 읽기라 하더라도 작가의 의식과 독자의 의식은 분명 다른 것이다. 작가 자신이 결코 알 수 없었던, 표현하지 않은 것이 아니라 표현될 수 없는 작품 안의 '빈터'에서 언어 이전의 체험

된 영감을 독자는 '침묵' 으로 발명하게 되는 것이다.

책은 古典이라기에 너무나 젊다. 저자는 우리와 동시
대를 살았으며 떠난 지 반세기도 채 지나지 않았다, 1947
년 정치적 상황에서 저자는 글을 통해 사회에 참여함으
로서 "궁지에 빠지고 기만당하고 부자유한 사람들을 위
해서 말한다는 것을 스스로 알고 있는" 작가의 책임을 다
한 것만은 분명한 사실이다. 행동하는 지성인에 다름 아
니다. 지금도 사자死者들이 다시 깨어날 수 있게 제 육체
를 빌려주는 행위인 '읽기' 를 통해서 참여하고 있는 것
은 아닐까. 책은 아직도 해석의 여지를 안고 많은 질문들
을 남긴다.

저자는 실존문학을 대표하는 소설 『구토』와 실존철학
서 『존재와 무』, 여러 권의 단편소설과 비평서, 그리고
수많은 희곡을 남겼다. 1964년 유년시절의 자서전 『말』
을 출간하고 그해 가을 노벨문학상을 받게 되지만 거부
했다. '주어진 자유란 있을 수 없다.' 고 할 만큼 체제나
관습에 매이는 것을 좋아하지 않았던 저자로서는 마땅히

자신의 자유의지를 행동으로 표명한 것이리라.

　쉽고 재미있는 책도 얼마든지 많다. 독자의 정신건강을 위해서라면 구지 이따위 책! 읽지 않아도 좋다. 그러나 苦戰을 동반할 충분한 가치가 있는 것 또한 古典이다. 인간은 의식의 지향성을 채워나가며 스스로 창조해 나간다. 苦戰은 자유의지이며, 인간이야 말로 苦戰하기에 가치이다. 인간은 영원하지도 않고 온전하지도 않다. 인간은 소멸하기에 또한 가치다. 다만, 어디까지 갈 수 있나? 노력하다 생을 마치는 게 인간이다.

비문학

정의도 보물이다

맛있는 상상력

『아침 미술관 2』, 이명옥, 21세기북스

강 여 울

맛있을 것 같다. 매일 아침 커피를 마시듯 미술 작품 하나를 감상하는 기분. 색 다른 맛과 향이다. 『아침미술관 2』는 커피처럼 나른한 정신에 생기를 주는 책이다. 하루한 점의 미술 작품으로 평범하고 기계적인 일상 속에서 잊고 있던 추억, 가끔씩 상상해 보던 미지의 세계를 떠올리게 한다. 이 책은 사비나미술관 이명옥 관장이 지었다. 그는 한국사립미술관협회 회장이며 과학문화융합포럼 공동대표를 맡고 있다. 1권과 마찬가지로 매일 한 점의 미술 작품을 감상하는 구성이다.

이 책의 특징은 쪽 번호가 없다. 7월 1일부터 12월 31일까지 매일 한 점씩 184점의 미술 작품이 페이지를 대신한다. 월별 제목은 그 달에 소개될 작품의 주제를 짐작하게 한다. '7월 - 뜨거운 태양은 단맛으로 다시 태어난다', '8월 - 소나기가 그치면 하늘은 더 맑아진다', '9월 - 홍시여 잊지 마라, 너도 한 때는 무척 떫었다는 걸', '10월 - 오늘도 낙엽은 열매를 꿈꾼다', '11월 - 세상은 저물어 겨울로 향한다', '12월 - 얼음장 밑에서도 고기는 헤엄친다' 식이다.

저자는 주제별로 동서양 작품을 골고루 실어 비교 감상할 수 있도록 했다. 특히 우리나라 작가들의 작품이 많다. 외국 미술가들과 동일 선상에 둔 우리 작가들의 작품은 가족의 작품을 보는 것처럼 기분을 좋게 한다. 작품마다 작가, 작품에 대한 설명과 함께 따뜻한 저자의 메시지를 덧붙였다. 잠시 쉴 수 있게 흔들의자를 내어놓은 듯하다. 그냥 작품만 봐도 재미있다. 작품 하나가 한 권의 책이 되기도 하니까 말이다.

'진주귀걸이를 한 소녀' 는 트레이시 슈발리에의 소설 『진주 귀고리 소녀』를 탄생시킨 작품이다. 이처럼 익히 알고 있는 작품도 있지만 발칙한 상상력이 담긴 신선한 작품도 많아 독서가 즐겁다. 8월 3일에 만난 '안윤모 〈튜리파〉 2008, 캔버스에 유채' 는 그날 온종일의 기분을 쥐락펴락 했다. 호랑이가 튤립 속에서 코를 막고 있는 그림인데 나비처럼 꽃에 앉은 호랑이라니, 그것도 코를 막고. 왠지 찔리는 기분이다. 향기 있는 사람이 되는 게 어디쉬운가? 괜히 곁눈질을 했다.

한참동안 책장을 넘기지 못하고 바라본 또 한 작품은 8월 13일의 그림, '조지아 오키프 〈여름날〉 1936, 캔버스에 유채' 다. 모래사막 위 하늘을 뚫고 나온 듯 사슴의 커다란 머리뼈가 중앙에 있고, 그 아래 꽃 몇 송이가 있다. 느닷없는 뼈와 꽃이 선명해서 섬뜩하다. 괜스레 겸손해지며 반성 모드에 빠졌다. 그림은 우주의 시계로 미약하고, 미약한 인간의 존재를 깨닫게 한다. 맑은 하늘인데도 사막의 모래 바람 속에 속수무책으로 갇힌 기분이 들게 하는 그림이다.

이 그림에 "조지아 오키프는 62세가 되는 1949년, 미국 남서부 뉴멕시코 주 아비키우로 거주지를 옮깁니다. 당시 그녀는 지난 50년 동안 가장 위대한 12명의 여성 중 한 사람으로 선정되었고, 여성으로는 최초의 미국의 국민 화가로 추앙받던 때였어요. 화가는 왜 생의 절정에 황량한 사막으로 떠나야만 했을까요?" 하고 저자는 묻고, "하늘과 대지는 광활한 반면 세부는 섬세하기에 우리는 어디에 있든 거대함과 미세함 사이의 세계에서 고립된다."고 오키프의 어록으로 답했다.

이 그림은 필자에게 사막에 가보자는 버킷리스트 하나를 더하게 했다. 태양이 거침없이 쏟아지는 모래바다, 그 사막에 가면 어떤 깨달음에 이르게 될까? 마음은 벌써 사막으로 치닫는다. 이처럼 강한 흡인력으로 상상을 확장시키는 책이다. 독자에 따라서 익숙한 작품이 많을 수도 있지만 주제별로 동서양, 특히 국내 작가들의 작품에 비

중을 많이 둔 것이 큰 장점이다. 평소 미술과 거리가 있
는 사람도 쉽게 접근해 미술 작품의 매력에 빠지게 한다.
온 가족이 읽을 수 있는 책이다. 참 맛있다.

재즈처럼

『여행작가 수업』, 이지상, 엔트리

강 종 진

이지상 작가는 우리나라 배낭여행 1세대로 30년 가까이 세상을 거닐며 글을 써온 대표 여행작가다. 사람들은 그를 '오래된 여행가'라 부른다. 그동안 각종 신문, 잡지 등에 여행문화, 삶에 대한 성찰을 주제로 글을 써왔으며 가이드북, 배낭 여행기, 에세이, 산문집 등 22권의 책을 냈다. 또한 EBS 라디오 '시 콘서트', '한영애의 문화 한 페이지' 등에 수년간 출연하여 여행 이야기를 들려주었다. 그 외 대학교, 각종기관 기업체에서 글쓰기 강의를 해왔다. 최근엔 KT&G 상상마당 '여행작가 여행 칼럼니

스트 과정'을 통해 글로써 꿈을 이뤄가는 이들을 만나고 있다. 이 책은 글을 잘 쓰는 방법, 전체적인 출판 과정을 고민하는 수강생들의 질문에 대한 답서이다.

1부에서는 글을 쓰는 요령과 기록의 세계, 언어의 세계, 글의 세계, 여행서의 세계, 여행기에서 글의 세계를 작가의 경험을 바탕으로 깊이 있게 적고 있다. 글을 잘 쓰려면 여행 중에 많이 기록하고, 반복해서 연습을 충분히 해야 하며 수많은 경험들 중에서 강렬하게 느꼈던 것, 평소에 중요하다고 생각했던 것을 우선적으로 선택해야 한다.

2부에서는 책을 만드는 방법, 콘셉트 잡기, 집필기획서, 출판제안서 쓰기, 글 쓰는 과정과 다듬기, 출판사 접촉하기, 계약, 편집자와의 갈등 등 책이 만들어지는 과정과 출판 전반에 걸쳐 상세히 설명하고 있다. 책을 만드는 세 가지 방법으로는 편집자의 제안, 저자가 기획안을 만든 후 출판사를 찾음, 마지막으로 저자 스스로가 기획해서 원고 자체를 쓰는 것 등 크게 세 가지가 있다.

책의 콘셉트는 자신의 빡빡한 삶과 사회적인 흐름이

조화롭게 결합되면 좋은 콘셉트가 나온다. 기획서나 출판제안서는 편집자가 쉽게 글을 이해할 수 있도록 써야 한다. 자신의 진실된 이야기를 쓰고 싶은 사람은 자유롭게 여행하고 자유롭게 써야 한다. 한 편의 글을 쓰면서 자유롭게 춤추는 생각과 느낌을 따라가려면, 그 과정에서 분위기와 초점이 잡힌다.

출판사와 계약하기 전까지는 샘플 원고를 보내고 꾸준히 문을 두드리는 것이 좋다. 책이 늘어 갈수록 살림이 줄어들고 그 과정에서 부모님과 가족에 대한 죄책감은 평생 가슴에 안고 갈 짐이 되었다. 독자들은 여행의 즐거움, 흥겨움 등을 원하고 있는데 나의 원고는 개인적인 체험에서 얻은 깨달음, 슬픔, 외로움 등이 중심이 되고 있으니 맞지 않았다.

출판사 편집자들의 현실성, 상업성과의 현실과 내 안에 들끓고 있는 열망 사이에서 나는 심한 소외감을 느낀다. 자신의 세계를 잃어버린 글쟁이는 비참해지는 것이다. 소통의 도구가 디지털 매체로 바뀌었을 뿐 인터넷에서도 수단은 '글' 이다.

3부에서는 여행가, 여행작가의 세계, 여행작가가 되는 방법, 전업작가의 고민과 기쁨, 여행과 글과 꿈 등 작가의 정체성이 가장 잘 표현되고 있다. 사람들은 여행작가가 여행하면서 돈도 버는 낭만적인 직업이라고 생각한다. 그런 면도 있지만 현실은 만만치 않다. 여행이 일이라면 낭만은 사라진다.

소박한 마음으로 보면 희망은 곳곳에서 발견된다. 땀을 흘리고 꿈꾸면 된다. 헛된 욕망을 버리면 여행 글은 희망의 세계로 가는 통로가 될 수 있다. 여행은 관광이 아니라 체험하는 현장이다. 여행과 글을 사랑해야 한다. 여행과 글을 즐기려면 조급한 마음을 버려라. 소박한 마음으로 대하면 여행과 글은 상처를 치유하고, 희망을 찾는 통로가 될 수도 있다.

어떤 분야를 깊이 있게 파고들면 그것에 관심을 가지고 감동하는 독자들이 있다. 나는 그들과 소통하고 싶다. 판매부수와 상관없이 삶을 성찰하고 변화시키는 책이야말로 좋은 책이며, 그것들은 살아남을 거라 확신한다.

글쓰기의 알파와 오메가는 쓰고 또 쓰는 뚝심이다. 무

엇보다 집중해야 한다. 여행은 돌아다니는 거지만 글은 고독하게 앉아서 써야 한다. 글을 쓰고 책을 내는 행위는 '내 생각과 행동이 모순되는 지점'에서 늘 탄생했다. 고민이 내 글쓰기의 연료가 된다.

글쓰기는 생각을 통해 자신을 정찰하게 만들며, 그것이 곧 사람을 만든다. 세상을 너무 힘들게 살 필요가 없다. 조금은 여유롭게 살고 싶다. 형편이 되는 대로, 그러나 너무 가볍지 않게 재즈처럼 말이다.

여행과 글을 즐기고, 생각하고 표현하면 즐겁다. 꿈꾸는 행위 자체가 우리를 행복하게 만든다. 묵묵히 길을 가다, 영원으로 통하는 순간을 만나 살아 있음을 경험하는 것. 그게 인생의 알파와 오메가이다.

이 책은 어떻게 글을 쓸 것인가를 넘어서 언어에 대한 고찰과, 기록과 취재의 필요성, 편집 및 출판 과정, 홍보와 유통, 각종 출판 방법, 여행서 트랜드, 그리고 여행작가의 삶 등을 솔직하고 담백하게 담고 있다. 모든 출판을 꿈꾸는 사람들에게 귀감이 될 만한 안내서이다.

지극히 인간적인 춤꾼 우봉 이매방

『하늘이 내린 춤꾼 이매방 평전』, 문철영, 새문사

김 서 윤

　땅 위에는 산맥이 있고 땅속에는 수맥이 있듯이 춤에는 춤맥이라는 것이 있다. 특히 한국춤은 그 흐름을 달리 하는 각양각색의 춤이 있기에 더욱이 유파流派를 중시한다. 소위 스타일이라 할까, 저마다 이름을 내걸고 자신만의 특징을 자랑하는 누구누구 유파가 많지만 한국의 전통춤에 있어 거론하지 않을 수 없는 인물은 바로 우봉宇峰 이매방李梅芳이다.

　1927년 목포에서 출생한 이매방은 권번춤의 명인이다. 목포 권번에서 춤을 배우기 시작한 그는 훗날 춤을 가르

치고 공연하며 격동의 시대 속에서 춤꾼의 사명을 다한다. 일제 강점기와 해방 이후 분단의 아픔, 6.25전쟁 등을 겪은 그는 춤문화의 소실 위기에서 우리춤을 구하고, 맥을 이어 춤을 숨 쉬게 한 인물이라 할 것이다.

그는 춤의 '요염함'을 중시했다. 그야말로 탐미주의자다. 아름다움과 매력을 좋아하는 지극히 인간적인 본능을 자극하는 춤꾼이다. '그의 춤 안에는 삶과 죽음 사이의 거리가 없다.'고 평자 문철영은 표현하고 있다. 그렇다. 미美는 생사의 경계를 넘나드는 영원성을 담고 있기 때문이다. 인간이 극치의 미를 구현한다는 것이 어찌 보면 불가능하지만, 예술은 완벽과 절대를 추구하며 영원을 향해 가는 걸음이 아니던가. 결코 인간이 이루어낼 수 없지만 가닿고 싶은 바로 그 경지. 이매방은 인간적이고도 너무나 인간적인 '요염함'(다소 성적인 매력을 어필하는 듯한)을 추구하는 자신의 미적 세계를 온몸으로 만들어 나갔던 것이다.

그는 당대의 예인이던 기녀들의 주 무대인 권번에서 춤을 배웠기에, 그 춤사위는 우리춤의 고유한 멋과 맛을 그대로 담고 있을 수 있었다. 반면 동시대를 살았던 다른 춤꾼들은 시대의 흐름에 발맞추어 다양하게 변용된 한국춤을 추고 있었다. 평전의 저자는 당대의 대표적인 춤꾼들-최승희, 한영숙 등 현재 한국춤의 큰 맥을 이루고 있는 거목들-에 대해 이매방이 비판적인 시각을 갖고 있었음을 그와의 대담 내용을 통해 들려주고 있다. 말하자면, 최승희는 소재만 한국적일 뿐 그 춤사위가 발레, 현대무용식이라는 점이고, 한영숙은 조부 한성준의 춤 무대화 작업에 동참하여 춤을 추며 중앙에서 활동한 덕에 명성을 일찍이 날렸다는 것이다. 이러한 비판을 미화美化없이 가감 없이 담아낸 평자의 문장을 통해 독자는 이매방의 예술적 자존심과 함께 인간적 면모를 보게 된다. 그 고집스러운 예술가는 라이벌의 활약과 춤계에 헌정된 그들의 공로뿐만 아니라 그들의 아킬레스건도 꿰뚫어보고 있었던 게 아닌가. 그러하기에 그는 전통춤이 전통에 뿌리박을 때 더욱 현대적일 수 있음을 내다보고 예스러움을 지켜갈 힘을 내지 않았을까.

『이매방 평전』의 저자인 문철영은 춤학자가 아니라 역

사학자다. 그러하기에 저자의 관점은 춤계의 자기 유파 제일주의에서 자유롭다. 그가 이매방을 맹목적으로 찬양하지 않을 수 있었던 이유다. 필자 또한 이매방 춤이 절대적으로 옳은 유일한 춤이라고 보지는 않는다. 서구의 움직임 언어를 접목한 춤이나 현대식 무대에 특화된 몸짓도 풍부한 춤의 세계를 위해 의미가 있는 작업이기 때문이다. 그럼에도 불구하고 우봉 선생이 세월의 인정을 받고 전통으로서 존중받고 있다는 점을 생각해 볼 때 그의 예술세계가 역사 속에 면면히 흐르는 우리 문화를 담지하고 있음은 잊지 말아야 할 대목이다.

가을이 오면 문화예술계에도 풍성한 결실이 쏟아져 나올 것이다. 대구 춤계에도 우봉 이매방 선생의 제자들이 춤판을 준비하며 추수의 때를 기다리고 있다는 소식이 들린다. 이매방은 2015년 8월 7일 타계하였지만, 그의 춤세계는 그가 배출한 걸출한 후진들을 통해 지속되고 있다. 책 속으로 들어가 이제는 이 세상 밖 역사의 인물이 된 이매방을 만난다. 그리고 다시 책 밖으로 나와 세상 속으로 들어가면 이매방의 향기를 춤으로 만날 수 있다.

인간이 영생하는 몇 가지 방법 중에 가장 인간적이고 매력적인 방법인 듯하다. 춤꾼 우봉 이매방. 너무나 인간적이고 요염한. 그는 남무男舞다.

정의正義도 보물이다

『유토피아』, 토머스 모어, 을유문화사

김 준 현

맞춰보시라. 이곳은 어디인지? 바다 너머 멀리 있으나 아직 발견하지 못했고 금은보화가 많은 곳. 정답은? 그렇다. 보물섬. 『유토피아』는 토머스 모어가 500년 전에 우리에게 남겨 준 보물섬이다. 그러나 아무리 보물이 많더라도 겉모습은 섬이다. 초보 탐험가 눈에는 그 섬에 있는 나무는 그냥 나무일뿐이다. 중요한 이정표도 모른 채 길도 무심코 지나친다. 『유토피아』도 피상만 읽으면 한낱 공상을 나열한 그저 그런 책이다.

보물찾기 고수들은? 섬에 도착하자마자 내비게이션을

켜고(시대가 21세기니까), 구석구석 돌아다닌다. 어쩌면 샅샅이 뒤진다. 독자가 독서 고수라면? 『유토피아』라는 거울로 15, 16세기 잉글랜드를 비롯한 유럽 사회를 비출 테고, 다시 토머스 모어의 사상을 추린다. 그렇다면 독서 달인들은? 유토피아의 기원을 찾아 다른 고전古典, 보물을 찾으러 벌써 가 있을 것이다.

『유토피아』에서 보물을 찾아보자. 토머스 모어는 '라파엘 히슬로다에우스'의 입을 빌려 유토피아 사회를 말한다. 이 책 1부는 당시 유럽 사회에 만연한 부정의와 그에 반대되는 유토피아 사회를, 2부는 유토피아의 '지리, 도시, 관리들, 노동 관습, 사회 관계, 여행, 금과 은, 도덕, 철학, 학문을 배우는 즐거움, 노예, 환자와 죽어 가는 사람에 대한 간호, 결혼 풍습, 처벌, 재판, 관습, 해외 관계, 전쟁, 종교'를 자세하게 서술했다. 그런데 히슬로다에우스Hythlodaeus 이름 뜻이 '허튼소리를 퍼뜨리는 사람'이니, 권력 지배층의 화살(?)을 피해 가려는 저자著者의 의도가 숨어 있다.

"일을 전혀 하지 않든가 그렇지 않으면 전혀 사회에 도움이 되지 않는 일을 하면서도 사치스럽고 화려한 생활을 해 나가는 곳에 무슨 정의가 있겠습니까?" "오늘날 번영을 구가하는 여러 공화국에서 내가 찾아볼 수 있는 것이라고는 단지 공화국이라는 이름 아래 자신의 이익만을 더욱 불려 나가는 부자들의 음모뿐입니다." 게으름뱅이로 전락한 귀족, 지배층이 자행하는 일을 저자는 적나라하게 파헤쳤다.

귀족의 집에서 쫓겨난 시종과 인클로저enclosure로 인해 주거지와 경작지를 잃은 소작농. 유랑민이 되면 게으르다는 죄로 감옥에 갇히고, 도둑질하다 잡히면 교수대에 목이 걸린다. "이런 나라를 두고 어찌 부정의하고 배은망덕한 국가라고 하지 않을 수 있습니까?" 정의를 실현하기는커녕 극단적인 불의不義를 저지르는 디스토피아dystopia, 잉글랜드를 준엄하게 비판했다.

"사유재산이 존재하는 한, 그리고 돈이 모든 것의 척도로 남아 있는 한, 어떤 나라든 정의롭게 또 행복하게 통치할 수는 없습니다. 우리 삶에서 가장 좋은 것들이 최악의 시민들 수중에 있는 한 정의는 불가능합니다. 재산이 소수의 사람에게 한정되어 있는 한 누구도 행복할 수 없습니다." "사유재산이 완전히 사라지지 않는 한 올바르고 정당한 재화의 분배도 불가능하고 사람들의 행복을 위한 통치도 불가능합니다."

책에는 이렇듯 사유재산제를 부정하는 논리를 펼치는 부분이 있다. 그래서 어떤 이들은 공산주의를 찾아야 할 보물로 생각하고 그것을 실현하고자 민중을 선동하고 국가를 세웠다. 그러나 이는 보석이 아닌 것으로 판명이 났고 사이비 이상 국가들은 사라졌다. 되짚어 보면, 이들은 『유토피아』란 원석原石의 가장 빛나는 부분을 '정의'로 가공하지 못하고, 한쪽 면만 '사회주의'로 가공했다.

도대체 이 책이 무슨 보물인가? 주위를 보라. '헬조선', '5포 세대', '금수저' 독자들 귀에 들려오는 이런 디스토피아 부류의 말들은 괜한 메아리가 아니다. 500년 전 잉글랜드 사회의 교수대와 흡사한 부정의가 곳곳에 널려 있다. 유토피아는 저 멀리 있는 이상향이 결코 아니다. 모두가 만들어 가야 할 정의로운 사회다. 『유토피아』로 우리 시대를 비춰 봐야 할 이유, 정의도 보물이다.

대학이 계란이다?

『오늘 나는 대학을 그만둔다, 아니 거부한다』, 김예슬,
느린걸음

김 준 현

솔직하면 불편하다. 나도 알고 있는 내 약점이지만 상
대방이 속속들이 들춰내고 후벼 판다면 그 사람이 밉고
마음이 편하지 않다. 그가 하는 말이 옳을지라도 때로는
인정하기 싫다. 『오늘 나는 대학을 그만둔다, 아니 거부
한다』는 대한민국 교육의 패권을 쥐고 있는 대학과 이를
둘러싼 현실을 적나라하게 파헤친다. 그렇더라도 독자들
은 저자著者의 솔직함에 불쾌함을 느끼기보다는, 피어나
는 청춘이라 아직 덜 여물었다고 쳐주는 아량을 베풀기
바란다.

"오늘 저는 대학을 그만둡니다. 진리도, 우정도, 정의도 없는 죽은 대학이기에…. 고려대학교 경영학과 김예슬." 2010년 3월, 김예슬은 우리 사회에 돌멩이 하나를 던졌다. 소위 말하는 명문대학에 다니는 학생이 자퇴 선언! 왜? 청춘이 겪은 대학은 무엇이기에.

"스스로 할 수 있는 일은 없는데, 모르는 것도 없는 역설의 시대에 지적인 바보를 양산하는 대학", "큰 물음과 큰 배움은 주지 못하고 자격증 브로커가 된 대학" 김예슬이 말하는 대학 현실이다. 자본과 기업의 하수인이 된 채 학문 탐구를 포장하는 컨베이어의 마지막 단계, 그 정점에 있는 지식독점체를 예리하고 슬기로운 청년은 꿰뚫어 봤다.

진리·우정·정의가 사라진 공간에서 질문하기를 포기하고 적응하기를 선택한 인재들(?)은 대학이 제공하는 지식상품의 고객이 되었다. 수십 가지 스펙을 쌓느라 대학 생활은 길어졌고 젊음은 짧아졌다. "자신이 취득한 학벌 자격증에 따라 재래시장·슈퍼마켓·명품매장에 진열되기"를 기다리지만, 실상은 무직·무지·무능, 3무無로 정의되는 '어른아이'들이다. 김예슬은 이런 대학생이 되기를 거부한다.

생각할 시간도 돌아볼 틈도 없이, 허겁지겁하던 자신의 삶을 거부한다. 말로는 좋은 세상을 외치면서 정작 자신의 존재로 좋은 세상을 가로막고 있는 기성세대에 저항한다. 그리고 대항한다. "대학·국가·시장이라는 억압의 3각 동맹"이 만들어 놓은 대졸주류사회에.

"꿈을 참는 게 꿈"이어서 김예슬은 억울하다. 그래서 고민한다. "무엇이 옳은지, 어떻게 사는 게 인간다운 삶인지, 어떻게 살면 진정한 내가 될 수 있는지" 그리고 선택한다. "거짓과 더불어 제정신으로 사느니, 진실과 더불어 미친 듯이 사는 쪽을" 마침내 인식한다. "저항하지 못하게 하는 적은 바로 나 자신일 수 있다." 드디어 선언한다. "죽은 대학을 버리고, 이제 나는 자유다."

저자를 비판하자. 피 끓는 청춘이 돌멩이 하나로 세상을 바꾸려 한다. 참 어리석고 맹랑하군. 준엄하게 꾸짖자. 좋은 대학에 가기 위해, 좋은 직장에 들어가기 위해, 좋은 직장에서 쫓겨나지 않기 위해, 뼈 빠지게 달려야 할 나이에…. 솔직하면 불편하니까 우리를 살짝 변명해 보자. 질주하는 내 삶의 트랙에서 멈추기 싫고, 여기에서 벗어나는 게 두려운 건 아닌지. 이 길밖에는 달려 본 적이 없다고 인정하기에는 용기가 필요하다.

어쨌든 분명하다. 우리가 달리는 곳은 트랙일 뿐이다. 여기에 초원은 없다. 상상해도 없다. 그리고 이 트랙 위에서 모두가 바쁘다. 무한경쟁시대이기 때문에. 에너지를 다 방전시켰다. 즐거움·기쁨·행복도 함께 소진되었다. 곰곰이 떠올려 본다. 잃은 것이 이것뿐일까? 핑핑, 세상 돌아가는 속도가 지구 자전 속도보다 더 빨라 무엇을 잃었는지도 모르는 건 아닌가?

자신만이 갈 수 있는 삶의 길을 찾고 싶다면,『오늘 나는 대학을 그만둔다, 아니 거부한다』를 들자. 껍데기를 박차고 나오면 초원이다. 청춘의 메아리가 들린다. "이때를 잃어버리면 평생 나를 찾지 못하고 살 것만 같습니다." 지금도 '이때'다.

삶의 작은 쉼표, 여행을 떠나다

『이탈리아 기행』, 요한 볼프강 폰 괴테, 민음사

민 영 주

요즘 TV를 켜면 어디에서나 여행 관련 프로그램이 방송된다. 인기다. 패키지여행을 콘셉트로 한 '뭉쳐야 뜬다', 각기 다른 두 나라의 여행지를 소개하며 대결하는 '배틀 트립', '세계테마기행', '윤식당' 등 손에 꼽을 수 없을 정도로 많다. 유명 배우나 연예인들이 출연해 소개하는 세상은 우리의 눈을 더욱 즐겁게 한다.

더욱이 SNS에서는 오랜 시간 세계 이곳저곳을 여행하며 그곳에서 경험하는 일상들을 멋진 사진과 더불어 자세히 설명해주는 여행담들이 쉴 새 없이 업로드 되고 있다. 언제, 어디서든 떠날 수 있는 세계여행이라고나 할까? 자주 보니 한 번쯤은 떠나고 싶어진다. 그래서 사람들은 정말 떠난다.

우리가 여행을 떠나는 이유는 다양하다. '휴식을 통한 재충전을 위해서' 건 '어떤 전환점을 찾기 위해서' 건 이유 불문하고 떠난다는 것은 언제나 새롭다. 설렘이다. 온몸의 말초신경을 긴장시킨다. 그래서 나 또한 떠난다. 불쑥, 뜬금없이. 괴테, 그도 어느 날 불쑥 이탈리아로 떠난다. 아무에게도 알리지 않은 채. 그가 떠났던 이유는 나와 다른 듯 같다.

요한 볼프강 폰 괴테. 그는 『젊은 베르테르의 슬픔』, 『파우스트』 등으로 우리에게 너무나 잘 알려져 있지만 그에 반해 익숙하지 않은 그가 있다. 1749년 8월 프랑크푸르트 암마인에서 태어난 그는 20대에 경험한 샬로테 부프와의 사랑의 시련을 통해 1774년 『젊은 베르테르의 슬픔』이라는 작품을 쓰게 되고 이것을 통해 일약 스타가 된다.

이후 다시 어린 처녀와 사랑에 빠지고 약혼까지 하지

만 한 달도 못되어 현실에 안주할까 걱정하다 약혼녀를 버리고 스위스로 떠난다. 이후 바이마르 공국의 영주인 카를 아우구스트 공의 초청으로 그곳에 간 괴테는 잠시 머물 생각이었지만 결국 죽을 때까지 그곳에 머문다. 당시 바이마르는 작은 도시에 불과했지만 영주의 어머니인 안나 아말리아의 노력으로 유명한 예술가들을 모아 문화 중심지로 만들고 있었다.

그곳에서 추밀 고문관 등 공직을 맡으며 성공적인 공직생활을 통해 부와 사회적 지위를 얻는다. 또한 일곱 살 연상의 샤를로테 슈타인 부인과 십 년에 걸친 연애를 한다. 이 시기 부인으로부터 인간적, 예술적 완성에 많은 영향을 받게 되었다고 한다. 하지만 10년 남짓 오랜 공직생활에서 오는 삶의 권태와 무뎌진 예술가 정신을 되찾고자 괴테는 휴가차 머물던 칼스바트를 떠나 이탈리아로 비밀여행을 시작한다.

그의 문학인생을 『젊은 베르테르의 슬픔』을 집필하던 질풍노도기의 전반부와 『타소』, 『파우스트』 등의 대작을 쏟아낸 후반부로 양분한다면 그 중심에는 단연 '이탈리아 여행'이 자리 잡고 있다. 이탈리아 여행은 그의 예술가적 성향에 큰 변화를 가져온 것으로 평가된다. 그만큼 여행은 괴테를 문학적으로, 예술적으로 그 성숙미를 완성시켜주는 중요한 계기가 되었다고 할 것이다.

『이탈리아 기행』은 그가 휴가차 머물던 칼스바트를 떠난 1786년 9월 3일을 시작으로 1788년 6월까지 약 20여 개월 동안 이탈리아를 여행하면서 독일의 지인들에게 보낸 서한과 일기, 메모, 보고서 등을 책으로 엮은 것이다. 책으로 출판된 것은 여행에서 돌아와 한참 후인 1816년에 1부가, 이듬해에 제2부가 출간되었으며, 1829년 제3부가 쓰인 다음에야 비로소 『이탈리아 기행』이라는 책이 완성되었다.

1부 '칼스바트에서 로마까지'에서 괴테는 '여행 가방 하나와 오소리 가죽 배낭'만을 꾸려서 비밀여행을 시작한다. 여행을 시작한 그는 브레너, 베로나, 베네치아, 페라라를 거쳐 로마에 이른다. 여행 중에 그가 동경하던 남국의 정취와 풍경, 고대 유적, 예술 대가들의 작품을 비롯해 생경한 자연환경과 풍토에 대해 자세히 기록하고 있다. 특히 여행 중 경유하던 첸토에서 게르치노가 그린 '부활한 예수가 어미 앞에 모습을 나타내는 그림'을 이렇게 묘사한다.

"말없이 어머니를 바라보는 애수를 띤 그 눈빛은 매우 독특해서 마치 자기 자신이나 어머니가 받은 고뇌에 대한 기억이 부활에 의해 바로 치유되지 못한 채 그의 고귀한 영혼 앞을 맴돌고 있는 것 같다."

- 제1권 p.175

이후 1786년 11월 로마에 도착한 괴테는 어린 시절부터 아버지를 통해 알게 된 로마에 대한 감회를 이렇게 이야기한다.

"나의 젊은 시절의 모든 것이 생생하게 내 눈앞에 되살아난다. … 중략 … 모든 것이 내가 벌써부터 상상했던 그대로인 동시에 모든 것이 또한 새롭다."

- 제1권 p.212

괴테는 자신이 여행을 통해 보고 배우는 것들을 꼼꼼히 정리하여 충실히 전달하려 한다. 하지만 문서나 구두에 의한 전달방법은 불완전한 것으로 "어떤 것의 진정한 본질을 전달한다는 애당초 불가능한 일이며, 정신적인 것에 있어서도 마찬가지"라고 말한다. 결국 "한번 명확하게 실물을 보아 두기만 해도 살아있는 인상과 연결되기 때문에 우리는 사색하거나 판단할 수 있다."고 말하며, 함께하지 못한 독일의 지인들에 대한 안타까움을 표한다.

또한 여행자로서 괴테는 여행의 출발과 마무리에 대한 고민도 빼놓지 않고 기록했다. 이는 여행을 하기 위해 준비하며, 혹은 여행 중에 우리가 느끼는 그것과도 유사하다.

"출발에 즈음해서 언제나 나 자신도 모르게 머리에 떠오르는 것은, 이전에 있었던 하나하나의 이별과 미래에 있을 최후의 이별이다. 그리고 우리들이 살기 위해 너무 많은 준비를 지나칠 정도로 한다는 생각이 이번에는 다른 때보다 더욱 강하게 마음에 다가온다."

- 제1권 p.291

2부 '나폴리와 시칠리아에서'는 로마를 떠나 벨레트리, 폰티, 카세르타를 거쳐 나폴리에 도착한다.

괴테는 이탈리아 여행 동안 여러 사람과 친하게 지냈다. 특히 어원학자 칼 필립 모리츠, 여류 화가 앙겔리카 카우프만, 티슈바인, 필립 하케르트, 크니프, 쉬츠 등의 화가들과도 어울리며 그림지도를 받기도 했다. 당시 여행에서 지금의 카메라가 없다보니 유명한 유적지나 뛰어난 풍광의 경우 스케치를 남겼는데, 티슈바인으로부터 소개받은 화가 크니프와 나폴리를 시작으로 시칠리아 여행에 까지 동행하며 여러 스케치를 그렸다.

괴테는 나폴리에서 소렌토와 페스툼 지역을 돌아보고, 당시 베수비오 화산 폭발 현장을 세 번이나 찾아 화산활동을 경험하며 지질에 대해 탐구한 뒤 시칠리아로 향한다. 처음 도착한 팔레르모 부왕의 궁전에서 우연히 만나 자신을 알아본 스타테라 백작과의 인연으로 부왕으로부터 시칠리아 여행의 편의를 약속받기도 한다.

이후 팔레르모를 떠나 지르젠티, 카타니아, 메시나 등지를 여행하게 되는데, 특히 메시나 지역에서는 만 이천여 명이 사망한 지진 재해지역을 돌아보며 지질에 대한, 그리고 피해가 컸던 이유를 건축에 대한 자신의 생각으로 비판하기도 한다. 메시나 지역을 끝으로 나폴리로 돌아온 그는 잠시 머물다 동행하던 크니프와 헤어지고 다시 로마로 떠난다.

3부 '두 번째 로마 체류기'에서는 로마로 돌아와 이듬해 4월까지 체류하며 지인들에게 보낸 여러 서신과 더불어 보고서를 중심으로 엮었다. 두 번째 로마 체류에서는 첫 번째 로마 체류와 달리 자신의 창작 작업과 첫 번째 로마 체류 시에 가보지 못한 곳과 마무리 되지 않은 작품의 완성 위주로 기록하고 있다.

괴테는 여행 전반에 걸쳐 자신의 신분을 속이며 비밀 여행을 지속 하지만 어쩔 수 없이 정체가 탄로나 다양한 모임에 초청되곤 한다. 하지만 자신의 계획에 반하는, 혹은 문제를 일으킬 수 있는 초청에는 단호히 거부하는 등 철저히 자신을 관리한다. 그러나 그런 자기관리에도 사랑이라는 감정 앞에서는 예외였다.

로마 인근의 카스텔 간돌포 지역에서 시골생활을 즐기던 중 '밀라노 처녀'를 만나게 된다. 그녀와 교류를 지속하던 중 미묘한 감정이 싹틀 무렵 다른 사람들로 부터 우연히 그녀가 정혼자가 있음을 알게 되고 한여름 밤의 꿈만 같았던 감정에서 깨어난다. 그가 사랑했던 밀라노 처녀에 대한 애틋한 마음은 이야기 곳곳에서 나온다. 하지만 그는

> "그녀와 내가 나누었던 몹시 다정한 말들, 그리고 모든 속박에 벗어난, 두 사람 다 절반쯤밖에 의식하지 못한 연정을 드러내는 모든 대화를 나는 공개하고 싶지 않다."
>
> - 2권 p.434

며 이야기를 줄인다. 그리고 1788년 로마를 떠나 독일로 돌아간 괴테는 슈타인 부인과의 관계를 정리하고 평

민 아가씨 크리스티아나 불피우스와 오랜 동거 끝에 결혼한다.

여행의 본질은 바뀐 것이 없을 것이다. 지금이나 230여 년 전이나. 하지만 괴테의 여행은 사뭇 다르다. 마차나 당나귀를 타고, 때로는 도보여행을 통해 천천히 이탈리아의 풍경을 만끽하며, 필요에 따라서는 세세한 부분까지 탐구한다. 그가 말하듯이 "여러 대상을 접촉하면서 본연의 나 자신을 깨닫기 위해" 시작한 여행이었기에 『이탈리아 기행』은 그 자신의 재발견과 새로움에 대한 학습으로 스스로를 성장시켜준 중요한 결과물인 것이다.

지금을 살고 있는 우리의 여행 자세를 문제 삼는 것은 아니지만 아쉬운 점이 있다면 우리는 여행에서 조차 '빨리', '더 빨리'를 외치고, '많이', '더 많이' 보기 위해 서두른다. 느긋함과 여유로움이 없다. 사색이 사라진 것이다. 여행에 있어서도 쉽고 편한 것이 대세인 지금 우리에게 어느 때보다도 필요한 것은 여유로움을 통한 자기성찰에 있지 않을까?

세계적인 대문호 괴테와 느린 걸음으로 이탈리아 여행을 떠나보자. 그곳에는 미켈란젤로가 그린 시스티나 성당의 천장화가 있고, 원형극장이 있고, 판테온이 있다. 더욱이 한 인간으로서 고뇌하고 연구하는 괴테가 있다.

산책한다면 체호프처럼, 글을 쓴다면 체호프처럼!

『안톤 체호프처럼 글쓰기』, 피에로 브루넬로,
청아람미디어

서 미 지

뮤우! 고양이 울음소리가 부드러운 바람결에 창을 넘어오는 밤이었다. 성급히 피었던 꽃잎이 뚝뚝 떨어지는 순간을 포착한 사진을 보냈지만, 누군가는 끝내 답을 주지 않았다. 투덜투덜 책장으로 가서 생각 없이 몇 권의 책을 들췄다. 책을 고르는 동안 숨 고르기가 되었나 보다. 그렇게 『안톤 체호프처럼 글쓰기-좋은 신발과 노트 한 권』을 다시 만났다. 표지를 넘기자 맨 앞 장에 '2014년 9월에 한 일간지에서 신간으로 소개되자마자 구입한 책'이라고 적혀 있다. 오래된 메모가 옛 친구처럼 툭 튀어나와 반

긴다.

안톤 체호프는 1888년 푸시킨 상을 받으면서 문단의 주목과 비난을 동시에 받았다. 정치성과 작품에 방향성도 없다는 비난을 뒤로하고, 체호프는 1890년 유형지 사할린 섬으로 떠난다. 두 달 반 만에 사할린에 도착하였고, 그곳에서 겪은 석 달간의 일을 글로 정리하였다. 그리고 죄수들의 비인간적인 생활상을 고발한 작품 『사할린 섬』을 썼다. 이에 비해서 『안톤 체호프처럼 글쓰기-좋은 신발과 노트 한 권』은 『사할린 섬』과 편지들, 여행 수첩 등을 간추려 엮은 책이다.

책은 2부로 구성되어 있다. 제1부 '작가와 의사 사이에서' 에서는 사할린으로 가는 과정과 도착한 후 체호프의 고민을 그대로 보여준다. 제2부 '안톤 체호프처럼 글쓰기' 는 '준비하기, 사전 조사, 글쓰기' 장章으로 나뉜다. '준비하기' 에서는 '계획' 은 목표를 명확하게 하고, '탐색' 은 아무도 공부하지 않는 것을 공부하고 정리하라고 한다. '조사하기' 에서는 '좋은 신발' 과 '수첩' 그리고 '우연한 사고방식' 을 갖고 여행하면서, 관찰하고 수집하는 법을 알려준다. 제3장 '글쓰기'에서는 '있는 그대로 솔직하게', '기억이 생생할 때 기록해 두라'고 충고한다.

이 책의 저자 피에르 브루넬로는 이탈리아 베네치아 카 포스카리 대학교 사회학 교수이며, 안톤 체호프 전문가로 알려져 있다. 브루넬로 교수는 '객관주의 문학론으로 시대의 변화와 요구에 대한 올바른 목소리를 전달한 작가' 체호프의 생각과 행동방식을 통해 글쓰기에 대한 조언을 한다. '결과보다 과정에 글쓰기의 초점을 두라. 아무도 공부하지 않은 것을 공부하라. 너무 많은 계획을 세우지 마라. 혼자 산책하라. 비평에 신경 쓰지 말고 자신의 양심에 따르라.' 담백한 한마디 한마디가 올올이 새겨진다.

어떤 책이든 읽는 이의 마음 안으로 들어와 회오리치는 부분이 있다. 작가 무라카미 하루키도 소설 『1Q84』에서 '덴고'라는 인물을 통해 『사할린 섬』을 언급한다. "체호프의 과학자로서의 측면이 짙게 드러나 있지. 하지만 나는 거기서 체호프의 순수한 결의를 느낄 수 있었어. 그리고 이따금 그런 실무적인 기술에 섞여 나오는 인물 관찰이나 풍경 묘사가 아주 인상적이야. 사실만 늘어놓는 실무적인 문장도 그리 나쁘지 않아." 작가 체호프를 보는 하루키의 시선이 살짝 엿보이는 대목이다.

뮤우~! 고양이가 느릿느릿 산책하는 봄밤이다. 꽃잎은 아리땁게 떨어지고, 누군가는 잠에 빠져 있을 이 시간. 이미 좋은 신발과 수첩을 지니고 있는 나는 조용히 집을 나선다. 혼자 산책하기로, 정말 우연히 마음먹었기 때문이다. 삶의 절대중심이 책은 아니어도, 책을 읽고 나면 생각과 행동이 자연스레 바뀌게 된다. 손이 허전해 집어든 『안톤 체호프처럼 글쓰기-좋은 신발과 노트 한 권』 표지 아래에 이렇게 적혀 있다. '모든 작가 지망생, 글을 쓰고 싶은 열망을 지닌 이들에게 보물 같은 책이다!'

어쩌다 여행의 꽃, 피렌체

『천재들의 도시 피렌체』, 김상근, 21세기북스

우은희

여행(이라 쓰고 관광이라 읽는다.)을 마치고 책을 들었다. 만약 피렌체를 가기 전 이 책을 알게 된다면 르네상스의 꽃 피렌체가 속속들이 아름다울 것이다. 아직까지도 미켈란젤로 언덕에서 본 피렌체의 모습은 생생하다. 피렌체 시가지가 한눈에 들어오는 그곳에서 자신도 모르게 탄성이 나왔다. '아~! 이것이로구나. 이곳이 이탈리아다.' 멀리한 눈에도 보이는 산 타 마리아 델 피오레 두오모 성당. 그 붉은색의 돔. 사르트르의 말처럼 아름다움은 관념으로 환원될 수 없기에 오롯이 눈으로 볼 수밖에는 없다. 이

언덕에서 피렌체를 내려다보며 딱 하루만 앉아 있을 수 있다면!! 그러나 단테를 만나러 비아 트레첸토로 내려가야만 했다.

이 책은 이탈리아 여행 중 피렌체로 향하던 날 현지 가이드로부터 들은 재미있고 유익한 르네상스와 피렌체의 이야기 속에서 흘러나왔다. 김상근 교수는 인문학자다. 연세대학, 사우스캐롤라이나 주립대학, 에모리 대학에서 수학하였고, 프린스턴 신학대학원에서 박사학위를 취득하였다. 현재는 연세대학교 신과대학 교수로 재직 중이며, 저서로 『군주의 거울 영웅전』, 『인문학으로 창조하라』, 『카라바조, 이중성의 살인미학』외 여러 권이 있다.

책은 비아 트레첸토(14세기의 길), 비아 콰트로첸토(15세기의 길), 비아 메디치(메디치의 길) 세 개의 장으로 구성되었다. 그 시기에 르네상스를 대표했던 천재 예술가들의 생몰과 생애가, 작품-건축, 조각, 회화, 문학-이 놓인 길을 따라 사진과 함께 안내되고 있다.

중세 1000년의 세상에서 신이 주인공이었다면 이후 르네상스에서는 인간이 세상의 주인공이다. 비아 트레첸토에서 단테, 페트라르카, 보카치오, 조토가 인간의 사사로운 감정을 문장이나 회화로 표현함으로써 그 시작을 알리고, 브루니, 알베르티, 브루넬레스코, 도나텔로, 마사초와 10명의 불운한 천재들이 비아 콰트로첸토에서 꽃을 피운다. 다빈치, 다빈치의 스승 베로키오, 미켈란젤로의 스승 기를란다요, 라파엘로 그리고 47년간 문짝 두 개를 만드는데 전 생애를 바친 기베르티조차도 이곳 피렌체에선 마이너 리그-메이저 리그의 반대 개념-에 속해 있다.

책 속의 보석 같은 이야기를 다 하기에는 지면이 너무나 좁다. 그러나 "메디치 가문을 이야기 하지 않고 르네상스를 말하는 것은 강물이 굽이쳐 흘러내리지 않아도 넓은 바다가 존재할 수 있다고 억지를 부리는 것과 같다.\" 무명의 10대 소년 수련생이던 미켈란젤로에게 "노인의 조각치고는 이빨이 너무 가지런하지 않아?"라는 말을 남긴 로렌초 데 메디치가 다음날 이가 다 빠지고 잇몸

까지 허물어진 늙은 목신을 보게 되었다는 사실은 예술가의 성장을 이끄는 후원자의 역량을 잘 보여주는 대목이다.

몇 해 전 까지만 해도 문화계에 블랙리스트가 존재 했던 우리나라 대한민국이다. 350년의 르네상스 역사를 가진 메디치 가문. 예술가들을 물심양면 아낌없이 후원하고 가문 소유의 작품들을 기꺼이 기증하여 피렌체에 고스란히 남겨놓은 메디치 가문이 지금 우리에게 남기는 울림은 결코 적지 않다. 저자는 에필로그를 통해 피렌체 르네상스가 우리에게 직접 남긴 것은 없지만 그 길은 '우리가 가야 할 오래된 미래' 라고 한다.

하루로는 너무나 짧았던 비아 트레첸토. 그러나 한 걸음 한 걸음 직접 걸었던 경험 때문일까. 그 곳을 떠날 때는 마치 피렌체를 많이 아는 것만 같았다. 진화생물학자 최재천 석좌교수는 그의 저서 『통섭의 식탁』에서 아주 작거나 미미한 생물조차도 깊이 알게 되면 사랑하게 된다고! 분명히 '알면 사랑한다.' 고 역설한다. 돌아오는 차

안에서 영화 〈냉정과 열정사이〉를 보았다. 주인공이 자전거를 타고 피렌체의 골목골목을 달리는 첫 장면에서 목 줄기가 뻣뻣해져오는 것을 잠시 느꼈다. 알 수 없지만 분명했던 그 느낌. 앞으로의 삶에서 느닷없이 피렌체의 모습을 보게 되면 어김없이 찾아 올 그리움 하나. '피렌체 앓이'가 분명할 것이다.

부모교육의 고전

『부모와 아이 사이』, 하임 G. 기너트, 양철북

이 영 옥

'부모역할을 사표 낼 수는 없을까?' 아이를 양육하는 부모들은 다양한 아이의 요구와 수용하기 힘든 행동으로 곤혹스러워 할 때가 많다. 특히 초보 부모들은 자녀의 요구에 어떻게 대응해야할지 혼란스럽기도 하고, 무엇이 정답일까 궁금하다. 그래서 친정이나 시댁 어른들한테 자주 도움의 손길을 요청할 때도 있다. 이런저런 도움을 받을 수 있을 때는 그나마 다행이다. 그러나 자녀의 자극에 이끌려 화를 내고는 내가 나쁜 부모인가? 하고 죄책감에 빠져 들기도 한다. 이렇게 자신감을 잃어버리면 '부모역할을 사표 내 버릴 수는 없나' 하고 엉뚱한 생각도 해 보게 된다.

1922년 이스라엘 아비브에서 태어난 하임 G. 기너트는 임상 심리학자이자 어린이 심리 치료사, 부모를 교육하는 교사였다. 정신요법과 심리학에 깊은 관심을 가지고 아이들과 부모, 교사를 대상으로 활발한 연구 활동을 한 그는 훌륭한 부모가 되려면 기술이 필요하다고 하였다. 작가는 그 기술을 습득하고 사용하는 방법에 대하여 부모들이 배워 일상에서 실천할 수 있기를 바라며 이 책을 기술하였다. 그는 이 책을 비롯하여 세계적인 베스트셀러가 되었던 『부모와 십대사이』, 『교사와 학생사이』, 『어린이를 위한 집단심리치료』 등을 발표한 바 있다.

연구와 실험의 결정체라고 할 수 있는 『부모와 아이 사이』는 자녀양육의 원칙과 실천방법을 제시하는 책이다. 저자는 모욕을 느끼지 않고 규칙을 지키게 하는 방법, 감정을 인정하는 방법, 판결을 내리지 않고 칭찬하는 방법을 부모들이 배울 것을 기대하며 책을 썼다고 한다. 또한 자녀의 마음에 상처를 주지 않고 분노를 표현하는 방법과 자신의 본래 마음을 믿고 자신감을 키워 나갈 수 있는 법을 배울 수 있도록, 어린이를 대하는 방법을 부모들이 배울 수 있기를 원하였다.

이 책은 총 10장으로 구성되어 있으며, 각 장마다 구체적 사례로 부모들이 어떻게 말하고 행동해야는지를 직접적으로 안내해준다. 1장 아이와 대화 나누기에서는 아이의 행동이 아닌 감정에 대응하는 대화방법, 2장 격려하고 이끌어 주는 방법, 3장 아이를 망치는 부모 편에서는 자녀들이나 학생들이 잘못한 것을 이미 알고 있을 때, 그것을 스스로 자백하라고 자녀를 몰아붙이면 오히려 자녀를 거짓말쟁이로 만들어 버리는 길을 열어준다고 하였다.

병에 넣어둔 과자를 훔쳐 먹고 코 밑에 설탕가루를 묻히고 다니는 아이에게 이렇게 물어서는 안 된다.

"누가 병 속의 과자를 먹었니?",

"혹시 누가 먹었는지 봤니?"

이런 질문은 아이로 하여금 거짓말을 하게 하는 결과를 초래하므로, 결국 부모들만 더 상처를 입을 뿐이다. 무슨 답을 할지 뻔히 알면서 질문을 해서는 안 된다. 이는 철칙이다. 오히려 다음과 같이 말하는 것이 더 효과적이다.

"너 먹지 말라고 했는데, 과자를 먹었구나."

이런 표현 자체가 적절하고도 바람직한 처벌이 된다. 이런 말을 들으면 아이는 마음이 편하지 않고, 잘못된 행동에 대한 대가로 뭔가를 해야 한다는 책임감을 느끼게 된다.

- p.123

4장에서는 가치 있는 행동을 선택하여 책임감 키워주는 방법을 일상생활에서 겪을 수 있는 흔한 사례를 대화체로 나타내고 있다. 5장 처벌을 대신할 대안과 규율의 세 영역, 격려, 허락, 금지를 사용하는 방법, 6장 적극적인 아이로 키우기, 7장 질투하는 아이와 대화하는 방법, 8장 아이의 불안을 다루는 방법, 9장 예민하고도 중요한 주제인 성과 인간에 관한 질문과 대화방법을 그리고 10장은 책 전체를 요약하고 있다.

자녀를 잘 키우고 싶지만 뜻대로 되지 않는다는 것을 아이를 키워본 사람들은 안다. 그만큼 부모역할은 가장 중요하지만 어려운 직종이다. 2000년대 들어서며 자녀양육, 부모교육 등과 관련된 책들은 넘쳐나고 있다. 책이 많다 보니 당연히 어떤 책을 선택할까? 고민스럽고 시간이 걸린다. 자녀와 학생을 대하는 방법에 혁신적인 변화를 몰고 온 『부모와 아이 사이』는 많은 훈육서들의 맥락의 근간을 이루게 되어서 자녀양육 지침서의 고전이라 일컬을 수 있다. 이 책을 읽으면 부모로서 자녀를 대하는 효율적 기술을 알게 되고 잘 활용할 수 있을 것이다. 이 책을 부모와 교사들 그리고 예비 부모들에게 권하고 싶다.

손끝으로 느끼는 책읽기의 즐거움

『종이책 읽기를 권함』, 김무곤, 더숲

이 웅 현

책을 펼쳐라. 어떤 책이라도 좋다. 펼친 책을 한 페이지만 집중해서 읽어보자. 페이지의 반 쯤 읽어 내려 갈 무렵 오른손 엄지와 검지가 무의식중에 책장을 두 손가락 사이에 잡고 다음 장을 넘기려고 준비를 할 것이다. 이때 두 손가락 사이에서 느껴지는 촉감에 가만히 집중해 보자. 이것이 손끝으로 느끼는 종이책 읽기의 즐거움이다.

종이책 읽기의 즐거움을 친절하게 일러주는 동국대 김무곤 교수는 어린 시절부터 엄청난 독서량으로 스스로 간서치看書癡(책 읽는 데만 집중하여 세상 물정에 어두운 사람을 이름)라

부르는 사람이다.

"저는 당신이 이 책을 천천히 읽어주시면 좋겠습니다."
라는 머리말에서의 당부가 아니더라도 이 책은 아주 천
천히 읽을 수밖에 없는 구조로 되어 있다. 책의 절반 가까
이가 주註로 이루어져 있어서 본문과 주를 같이 읽다보면
자연히 천천히 읽혀지는 책이다.

1부 나는 읽는다. 2부 나는 이렇게 읽는다. 3부 나는 책
바보. 이렇게 3부로 구성되어 있다. 1부에서는 어떻게 책
을 가까이하고 즐기게 되었는지, 2부에서는 어떻게 책을
읽고 있으며 어떤 책들을 읽는지, 3부에서는 저자의 책
사랑법을 적고 있다. 책의 백과사전이라 할 만큼 많은 정
보를 담고 있다.

프랑스 작가 다니엘 페나크는 『소설처럼』에서 '책을
읽다' 라는 동사가 '꿈꾸다' '사랑하다' 와 함께 명령어로
바꿀 수 없는 단어라는 점을 지적하고 있다. 즉 '사랑하
라' '꿈꾸라' 하고 명령한다고 해서 그것이 명령자의 뜻
대로 실행될 수 없듯이, 읽기 싫은 사람에게 억지로 '읽
어라' 하고 명령해 보았자 그저 읽는 척하거나 이내 수면

제 대용으로 활용해 버릴 뿐이라는 것이다.

저자는 아이들이 평생 책을 가까이 하도록 하는 방법으로 다음 여섯 가지를 얘기하고 있다. 첫째, 책을 스스로 고르게 하라. 두 번째, 책값을 넉넉하게 주어 마음껏 책을 사게 하고, 세 번째는 한 분야의 책을 열권만 읽으면 그 분야의 전문가가 될 수 있다며 한 분야의 책을 여러 권 읽어 보게 하라고 하고 있다.

네 번째로는 책을 군이 끝까지 다 읽으라고 강요하지 말고, 다섯 번째로 책도 사람이 쓴 것이라 무조건 맹신하지 말고 내용을 의심하면서 읽게 하라고 했다. 마지막 여섯 번째로 책읽기보다 중요한 일이 있으면 그 일을 먼저 하게 하라며 마무리한다.

필자는 일본을 많이 싫어한다. 그래서 일본 여행을 한 적이 없다. 하지만 『종이책 읽기를 권함』을 읽으면서 일본의 고서점거리 '진보초神保町'는 한 번 가보고 싶다는 생각이 들었다. 그들에게 "진보초에 간다."는 말은 "헌책방에 간다."라는 말이 아니라 "행복한 시간을 보내러 간다."는 말과 통한다고 했다. 얼마나 가슴 뛰는 말인가.

책 읽기의 쾌락은 간접 경험에 있다. 이 세상을 모두 경험해 볼 수 있다면 가장 좋은 일이겠으나 그것은 불가능하다. 책의 존재 이유가 거기에 있는 것이다. 내가 다른 사람의 삶을 간접적으로나마 느껴볼 수 있다는 것, 이것이야말로 책읽기가 우리에게 가져다주는 가장 특별한 혜택일 것이다.

1년에 책 한 권도 읽지 않는 국민이 40%라고 한다. 몇 년 전 미국의 유명 일간지에 '한국인들은 참으로 이상하다. 독서를 제대로 하지 않는 나라에서 노벨문학상에 너무 목숨을 건다.'라는 참으로 낯부끄러운 글이 실린 적이 있었다. 문화 선진국으로 가는 길, 그 시작은 책 읽기에서부터여야 한다.

대통령의 서재가 전시되면서 책에 대한 관심이 증폭되고 있다. 어떤 책을 읽을 것인가 고민하지 마라. 책이 책을 부른다는 말이 있다. 책 속에서 다음에 어떤 책을 읽으라고 소개한다는 것이다. 책을 읽다보면 책 속에서 등장하는 또 다른 책이나 동일 작가의 다른 책을 읽어보고 싶다는 생각이 자연스럽게 들게 될 것이다.

『종이책 읽기를 권함』을 읽다 보면 읽고 싶은 수많은 책들이 쌓여간다. 이렇듯 저자는 책의 바다에서 길잡이 역할을 하듯 한 권 한 권 책을 소개하고 있다. 한 질의 책을 갖고 싶어서 한 트럭의 책을 갖다 파는 바보 같은 일을 저질렀다고 고백하는 3부 책 바보들의 이야기는 미소 짓게 하는 소소한 재미가 있다. 책에 미친다는 것이 바로 이런 게 아닐까를 생각해 본다.

책을 읽는 내내 책을 읽어야하는 수많은 이유가 등장한다. 반면에 책을 읽지 않을 권리도 함께 제시한다. 하지만 책을 읽지 않을 권리에서 책을 읽어야하는 이유를 스스로 찾을 것이다. 이 책에서 책을 좋아하는 사람은 책을 읽는 즐거움을, 책읽기를 싫어하는 사람은 자신이 책을 읽지 않는 정당성(?)을 찾아보기 바란다.

코트를 입든지 말든지

『둔하게 삽시다』, 이시형, 한국경제신문

장 창 수

'둔하게 살자' 는 메시지에 울림을 느꼈다. 깨침이 늦고
재주가 무디다. 동작이 느리고 굼뜨다. 사전은 '둔하다'
를 대략 이런 뜻으로 정의하고 있다. 빠르고 정확하며 효
율적인 것을 추구하는 현대사회에는 맞지 않는 말 같다.
누가 이러고 싶을까. 하지만 2015년, 정신과 전문의인 이
시형 박사는 '둔하게 살자' 는 화두를 던졌다.

'묻지마' 라는 말은 이제 백과사전에도 나온다. 관광,
범죄 등의 말과 결합하며 새로운 용어들을 만들고 있다.
사생활이나 이유 따위는 알 필요가 없다는 새로운 풍조

다. 이성과 논리를 상실한 어이없는 사회현상 앞에서 사람들은 두려움을 느낀다. 누가 또 새로운 피해자가 될지 알 수 없기 때문이다.

경쟁적이고 치열한 사회 분위기 속에서 인문학의 열풍이 이어지고 있다. 그 바람의 이유야 어떻든 인문학의 핵심은 사람이다. 인문학은 분명 격렬해지고 과민해진 사람들을 위로한다. 하지만 문사철文史哲 같은 형이상학만으로는 해법이 완전하지 않다고 저자는 진단한다. 뇌과학 같은 형이하학적 접근도 필요하다는 것.

세로토닌, 평상심을 지키는 호르몬

『둔하게 삽시다』는 3부로 구성되어 있다. 1부 '우리가 과민해진 이유'에서는 한국 사회를 과민 사회로 진단하고 과민증후군이 얼마나 심각한지를 이야기한다. 2부 '무엇이 과민하게 만드나'에서는 과민증후군을 낳은 시대적 상황을 역설하고 있다. 마지막 3부 '감동의 시대를 살아라'에서는 평상심을 유지하게 해 주는 호르몬인 세로토닌을 소개하고, 보다 나은 삶으로의 길을 안내하고 있다.

이 책은 80대의 정신과 의사가 쓴 80번째 저서이다. 저자는 밤을 새워 단숨에 원고를 써 내려갔다고 에필로그에 적었다. 사회정신의학자로서의 소명감이었는지도 모른다. 30년 전 『배짱으로 삽시다』를 저술했을 때, 그때와는 시대적 상황이 너무나 달라졌다. 세상이 변하면 의사의 진단도 달라진다. 그때와는 달리 지금은 모두에게 절제력이 필요하다는 것.

사람들이 흥분하고 과민증후군에 빠지면 노르아드레날린이 분비된다고 한다. 부적절하게 분비된 호르몬은 사람들을 폭력적으로 만든다. 이를 조절해 평화롭고 쾌적하게 하여 행복감을 느끼게 하는 호르몬이 '세로토닌'이다. 세로토닌은 사람으로 하여금 극단을 피하고 절제와 타협을 추구하게 한다.

정신과 의사들이 인간의 문제를 형이하학적으로 푸는 쉬운 방법 중 하나는 약물이다. 과도하게 생성된 흥분 호르몬을 억제하고 안정감을 주는 호르몬이 생성되도록 약물을 투여하는 것이다. 그러나 저자가 강력하게 주장하

는 것은 병을 치료하는 치병治病이 결코 아니다. 질병이
발생하지 못하도록 사전에 예방하는 것을 우선시하는데,
그것이 바로 자연의학이다.

본문에서 소개하는 자연의학적인 세로토닌 생성법을
살펴보자.

하늘을 바라보자.

저작詛嚼 활동을 하자.

무작정 걸어 보자.

찬찬히 심호흡을 하자.

계단을 올라 보자.

- p. 211~213

저자가 제안하는 방법들은 그리 어려운 것이 아니다.
한국인의 40대가 높은 사망률을 보이는 것은 잘못된 생
활습관 때문이라고 한다. 아주 쉽고 단순한 행동들도 꾸
준히 실천해 습관화하는 것이 필요한데 그게 어렵다는
것이다.

우리의 선조들은 약간 미련스럽다는 뜻의 '민하다'는 말을 긍정적으로 여겼다. 너무 완벽하고 틈이 없으면 인간미가 없다며 오히려 경계했다. 그래서 홀륭한 사람들의 이름자를 보면 의외로 어리석을 우愚가 많다.

어리석어지고 둔해지려고 노력하는 사람은 없지 않겠는가. 둔한 것이 가치 있다고 생각해 본 적도 없을 것이다. 민첩하고 빈틈없이 살아서 모두들 행복한지, 이대로들 좋은지 한 번쯤은 깊이 생각해 볼 일이다. 저자의 카랑카랑한 목소리가 들린다.

"도대체 우리는 어쩌다 이렇게 과민해졌을까요?"

끝으로 본문에 나오는 소크라테스 아내의 일화를 소개한다.

모임에 나간 소크라테스의 아내는 자기가 입은 코트가 그 자리에 너무 어울리지 않아 잔뜩 신경이 쓰였다. 남편 보기에도 민망했다. 촌스럽다고 얼마나 속으로 나무라고 있을까. 그녀는 파티 내내 골치만 아팠다. 창피하고 부끄럽고 얼굴을 들 수 없었다. 그녀는 파티가 끝나기만을 기다려 서둘러 집에 왔다. 그리고 코트를 벗어 던지며 남편에게 사과했다.

"여보, 미안해요. 내 코트 때문에 창피했지요?"

"응? 당신, 오늘 코트를 입었던가요?"

- p.163

남다른 시선으로 세상을 보는 법

『나는 세계의 배꼽이다!』, 살바도르 달리, 이마고

최 유 정

'세계의 배꼽' 그는 정말 그랬다. 우리 몸의 중심을 오롯이 지키고 있는 배꼽처럼 살바도르 달리, 그는 세계의 중심에 우뚝 서 있었다. 아닌 게 아니라 그는 정말이지 자기중심적으로 세상을 살아가는 괴짜였다. 물론 20세기 유럽과 미국 각지에서 달리표 문화를 만들어내며 대중을 장악했던 당대 최고 초현실주의 작가였다는 것은 말할 것도 없다.

시계가 마치 녹아내리는 치즈마냥 물렁물렁 흐물흐물하게 늘어진 그의 대표 작품 「기억의 지속」처럼 그 또한 기괴하고도 범상치 않은 사람이었다. 기상천외한 기행과 광기 담긴 도발을 일삼은 그를 누군가는 '정말이지 미친 사람이야.' 라고 생각할 지도 모른다. 그러나 그의 자서전인 이 책을 읽고 나면 그가 왜 그랬는지, 그를 왜 천재라 하는지 납득하게 될 것이다.

이 책은 살바도르 달리가 서른일곱 살에 직접 서술한 그의 유일한 자서전이다. 그의 유년기와 청소년기에 대한 서술을 통해 그 만의 독특한 몽환적, 편집증적 세계관이 어떻게 자리 잡게 되었는지, 그 세계관이 어떻게 초현실주의 예술로 승화될 수 있었는지 가장 가까이서 면밀히 살펴볼 수 있다. 덤으로 그의 작품 속에 왜 날아다니는 계란 프라이, 목발, 메뚜기, 개미 등의 오브제가 반복적으로 등장하는지에 대한 해답을 찾을 수 있을 것이다. 그의 삶을 통해 동시대 살았던 지식인과 예술가(프로이트, 라캉, 츠바이크, 샤넬, 피카소, 미로 등)를 만날 수 있다는 것도 빼놓을 수 없는 묘미이다.

이 책은 1부 '살바도르 달리, 탄생하다', 2부 '살바도르, 얼른 늙어버려!', 3부 '나는 세계의 배꼽이다' 로 구성되어 있다. 1부 '살바도르 달리, 탄생하다'에서부터 평범한 자서전이 아님을 소주제를 통해 눈치 챌 수 있다. '어머니 뱃속의 추억들', '유년기의 가짜 추억들', '유년기의 진짜 추억들'이 그것이다. 그의 기상천외한 작품들을 보며 '이런 작품을 만든 사람은 대체 어떤 생각을 가졌고 어떤 삶을 산 인물일까?'하고 들었던 궁금증이 더욱 증폭되는 순간이다. 어머니 뱃속의 추억이라니. 그때를 기억하는 것이 정말 가능한 일일까. 벌써부터 의구심과 동시에 호기심을 자극한다. 또 유년기의 가짜 추억이란 대체 무엇일까.

　이런 우리의 의심에도 불구하고 그는 정말이지 친절하게 그 때의 기억을 서술하고 있다.

　　"자궁속의 낙원은 지옥의 불처럼 빨강, 주황, 노랑과 푸르스름한 색을 띠고 있고 물렁물렁, 따뜻하고 대칭적이며 끈끈하고 이중적인, 움직이지 않는 그 어떤 것이다. …(중략)… 태어나기 이전에 보았던 떠다니는 알들은 장엄한 빛을 발하면서 사이사이로 옅은 푸른색을 띤 흰자를 품고 있었다. 이 두 개의 알은 내게로 다가왔다 멀어졌다 하면서 좌우 상하로 움직였다."

- p.56

그는 모든 쾌락과 꿈같은 동화들은 이미 이 시기에 자신의 두 눈 속으로 숨어들어 왔다고 이야기한다.

'유년기의 가짜 추억들'에서도 남다른, 어쩌면 병적이기까지 한 그의 편집증적 사고방식을 엿볼 수 있다. 그는 정말로 학교 교육에는 조금도 관심이 없는 아이였다. 그 대신 그는 공허한 시간을 채우기 위해 '가짜 추억' 만들기를 악착같이 해댔다. 그가 말하길

"일곱 살에서 여덟 살까지 나는 꿈과 신화의 지배 속에서 살았다. 나중에 가서는 현실과 상상적인 것을 구별하는 것이 불가능해졌다."

- p.69

고 한다.

이 외에도 책 전반에 걸쳐 그의 남다른 세계관이 가득 넘쳐난다.

"사실 나는 일생 동안 내가 접하는 인간들, 세상을 가득 메우고 있는 인간들이 보여주는 혼란스러운 '정상성'에 익숙해지는 것이 몹시 어려웠다. 내 생각에는 생길 수도 있을 만한 일들이 절대로 생기지 않는 것도 의문이었다. 나는 인간 존재가 너무나 개인화되지 않은 것, 그리고 그들이 언제나 가장 엄격한 순응주의 법칙에 따라 행동하는 것을 이해할 수가 없다."

- p.323

"내가 얼마나 늙음이라는 것을 좋아했던가! 양피지처럼 주름 가득한 이 두 동화 속 인물들은 우리 반 아이들의 날생선처럼 팽팽한 피부와 얼마나 대조적이었던가! 나는 안티 파우스트의 살아 있는 화신이었고, 여전히 그렇다."

- p.98

이렇듯 그는 '정상', '늙음'에 관한 일반적인 통념마저 깨버린다.

남다른 세계관을 가진 그가 '정상'인 사람들이 보기에는 기행으로 보이는 행동과 기괴하게 보이는 작품으로 사람들을 경악하게 만든 것은 어찌 보면 당연한 일이었다. 하지만 그의 작품이 최고의 작품이라 불리게 된 것도 그의 '남다른 시선' 때문이었음을 우리는 인정하지 않을 수 없다.

21세기에 사는 우리는 살바도르 달리가 살았던 시대보다 다양성을 존중해야 한다고 말하고 있지만 인간의 본성은 그다지 달라진 것 같지 않다. 남들과 다르다는 것에 불안과 조바심을 느끼기 일쑤다. 때로는 '비정상'인 것을 박해하고 배척한다. '정상'인 것을 당연하게 여기면서 아이러니하게도 동시에 창의적인 사람이 될 것을 요구하는 시대이다. 하지만 남과 같은 '정상'인 상태에서는 남다른 시선을 가지기란 쉬운 일이 아니다. '정상'을 방패삼아 안전함을 추구하며 우리는 스스로의 개성을 죽이고 있었던 것은 아닐까.

'남다른 시선'을 당신도 갖고 싶은가? 방법을 모른다고? 걱정 마시라. 살바도르 달리의 이상한 자서전을 다 읽고 난 당신은 어느 새 달리의 눈으로 세상을 보고 있는 자신을 발견하게 될 것이다. 당신이 그것을 원하든 원하지 않든 간에!

우리가 몰랐던 세상의 진짜 모습

『생각 버리기 연습』, 코이케 류노스케, 21세기북스

최 유 정

손가락이 여기 있다. 키보드에 닿는다. 다시 움직이고 닿는다. 이것은 필자가 글을 쓰는 이 순간 느끼는 손의 감각이다. 늘 거기 있어 당연한 감각이기에 그것이 '느껴지는' 것을 알고는 있지만 실상 제대로 '느껴' 본 적은 별로 없다. 하지만 우리가 감각을 수동적인 것에서 능동적인 것으로 바꿀 때, 예리함과 명철함으로 가득 찬 새로운 세계로 들어서게 될 것이라 말하는 사람이 있다. 바로 이 책의 저자 '코이케 류노스케' 이다.

'코이케 류노스케' 는 일본 야마구치현 태생으로 현재

쓰쿠요미지[月現寺]의 주지스님이다. 도쿄대 교양학부를 졸업했으며, 2003년 웹 사이트 '가출 공간'을 열었다. 주요 저서로는 『번뇌 리셋』, 『빈곤 입문』, 『위선 입문』, 『불교 대인심리학』 등이 있다.

그의 책 『생각 버리기 연습』은 제목부터 의문점이 생긴다. 일반적으로 생각하는 것, 사고하는 것은 인간의 훌륭한 특질이고, '인간은 동물과 달리 생각하기 때문에 위대하다'고 믿었다. 그런데 어쩌다 생각이 버려야 하는 거추장스러운 존재라는 오명을 쓰게 된 것일까. 게다가 생각을 버리는 연습법을 알려주는 책이라니. 어떻게 된 경위인지 살펴보자.

이 책은 1부 '생각이라는 병', 2부 '몸과 마음을 조종하는 법', 3부 '대담(스님이 뇌 과학자에게 듣는 뇌와 마음의 신비로운 관계)'으로 구성되어 있다. 1부에서 작가는 생각을 '병'이라고 몰아붙이며 '인간은 생각하기 때문에 무지無知하게 된다'고 했다. 생각을 통해 인류가 이루어 놓은 업적을 돌이켜보면 생각을 이런 취급하는 것은 너무한 처사가 아닌가 싶다. 그럼에도 불구하고 그가 '병'이라 명명한

데에는 그만한 이유가 있다.

생각은 우리의 의지대로 하는 것이라 여겨진다. 그러나 저자는

"생각은 제멋대로이고 우리가 하려는 일을 방해하기까지 한다. 즉, 그 누구도 아닌 바로 자기 자신이 하는 생각의 방해를 받아 마음대로 살기가 쉽지 않다는 뜻이다."

- p.5

라고 이야기 한다. 자신이 생각을 완전히 컨트롤 할 수 있다는 독자가 있다면 지금 이 글 읽기를 잠시 그만두고 생각하기를 멈추어 보자. 그것이 가능하다면 당신은 이 책을 읽지 않아도 될 것이다. 하지만 과연 말처럼 쉬울까.

"보통 우리가 아무리 생각하기를 멈추려고 해도 뇌 속의 수다쟁이는 끊임없이 떠들어댄다. '자아, 생각하기를 멈추자… 뭐? 이미 생각해 버리고 말았잖아! 맙소사! 생각을 멈

추기가 왜 이렇게 어려운 거야? 그것만 어렵니? 넌 어제 요리도 망쳤잖아… 그러고 보니 슬슬 배가 고픈데…' ”

- p.6

그는 이처럼 생각의 흐름에 대한 자세한 예를 들어가며 우리의 의지대로 하고 있다고 믿어 왔던 '생각'의 실체를 파헤친다. 이쯤 되면 슬슬 분해진다. 내가 '생각'이란 놈에게 휘둘리고 있었다니! 하지만 만만한 상대가 아니다. 그래서 구체적인 연습이 필요한 것이다.

그는 생각 버리기 연습에서 먼저 오감(눈, 귀, 코, 혀, 몸) 깨우기를 제안한다. 한 가지 예를 들자면 다음과 같다.

“손과 얼굴처럼 노출되어 있는 피부에 의식을 집중해 공기와 접하고 있는 신체감각을 충분히 느껴 본다. 비가 내리고 있다면 축축하고 쌀쌀한 온도가 느껴질지도 모른다. 이때 온도에 대해 생각하는 것을 멈추고, 감각 그 자체에 몸을 맡겨 보자. 그 감각을 완전히 느낄 수 있도록 노력하다 보면 어떤 온도에서라도 의외로 기분 좋은 느낌이 들고 마음도 편해질 것이다."

- p.32

이처럼 그는 자신의 감각에 대해 능동적으로 대처하여 지금 이 순간의 정보를 확실히 인지하게 되면, 얼핏 보면 별 볼일 없어 보이는 것에서도 충만한 느낌을 받을 수 있다고 말한다.

그의 연습법은 오감을 깨우는 것에서 끝나지 않는다. 그는 불교적 관점에서 접근하여, 인간이 쓸데없는 생각을 하게 되는 원인을 세 가지 기본 번뇌(분노, 탐욕, 어리석음) 때문이라고 분석했다. 이런 번뇌에 사로잡히지 않는 방법을 이 책의 2부에서 '말하기', '듣기', '보기', '쓰기와 읽기', '먹기', '버리기', '접촉하기', '기르기'로 나누어 설명하고 있다. 불교에 관심이 없는 사람에게도 유의미할 내용들이 담겨 있다.

키보드를 타다다닥… 톡… 톡. 이런, 더 이상 글이 써지지 않는다. 초단위로 떠오르는 생각들을 막을 수가 없다.

마음의 메인 메모리가 쓸데없는 정보로 가득 차 정작 중요한 일을 처리할 메모리가 부족해진 탓이다. '생각병'에 걸린 우리를 위한 극약 처방. 오감이라는 약이 온몸 구석구석을 깨울 때 '생각병'은 차츰 사라져 간다. 눈으로, 귀로, 피부로 제대로 느껴보니 이제야 보인다. 진짜 세상의 풍경이 어떤 모습을 하고 있었는지.

아동

숨은 이야기 찾기

숨은 이야기 찾기

『브이를 찾습니다』, 김성민, 창비

|

강 여 울

『브이를 찾습니다』는 짧은 글, 긴 이야기입니다. 행간에 이야기 마을이 있습니다. 호호 할아버지와 호기심 많은 아이가 산답니다. 아이는 눈만 뜨면 자기보다 먼저 일어나 반짝이는 물음표를 할아버지께 던집니다. 할아버지는 모르시는 게 없습니다. 달에 사는 토끼, 소가 되고 싶은 여자 아이, 나비의 울음과 호수를 '뽀득뽀득 뽀드득' 예쁘게 닦는 오리들의 이야기로 대답하십니다. 아이는 가슴을 활짝 열어 세상의 중심으로 자라납니다.

이 동시집은 "파란 냄비에 구름 찌개 끓이고 계실 어머니, 아버지께"라는 한 줄로 문을 연다. 저자 김성민은 혜암아동문학회 회원이다. 대구문학과 창비어린이 신인문학상으로 활동을 시작한 그에게 이 책은 첫 동시집이다. '첫' 자가 붙은 모든 것들은 힘이 있다. 이 책도 첫 시를 보는 순간부터 마음을 포획한다. 얇은 책이지만 내용이 두터워 독자의 마음을 쥐락펴락한다. 56편의 동시를 4부로 나누어 실었는데 그 무게는 고르다.

고른 무게인데 첫 장부터 숨이 막힌다.

'중력분 / 뭔가를 당길 수 있을 것 같다 // 예슬이한테 살짝 뿌려 보고 싶은 가루다 // 그 옆에 박력분도 있다 / 이건 나한테 뿌려야 할 가루 같다'   - 「중력분과 박력분」 부분

놀랍다.

'비누가 지나간 자리 / 뽀드득이 남네 // 뽀드득은 / 오리가 만드는 소리 // 오리가 강물을 닦고 있네 / 쉬지도 않고 말갛게 닦네'   - 「뽀드득」 부분

재미있다. 순수하고 따뜻하다.

'지렁이야! 넌 바쁠 땐 어떡하니? // 어떡하긴 / 뛰어야지 // 네가? 뛴다고? // 그 / 럼 // 뛰는 건 한 번도 못 봤는데? 정말이야? // 여태 / 바쁜 일이 / 없어서 그랬어'

- 「지렁이 달리기」 전문

웃는다. 능청스럽다. 「우리 집에 왜 왔니?」는 더 능청스럽다. 능청스러운 가운데 기성세대들의 잘못된 훈육방식을 꼬집고 있다. 「카멜레온이 사람에게」에서 '쯧쯧 안됐다…'는 끝 행을 읽노라면 웃음이 저절로 터진다.

『브이를 찾습니다』는 아이들이 공감하며 단숨에 읽을 수 있는 책이지만, 몇 번이고 다시 펼쳐보게 하는 동시집이다. 책머리에 '아이의 선선하던 눈빛'을 보고 괜히 서러워졌다고 한 작가의 눈은 지금도 동심을 잃지 않고 있는 듯하다. 토끼, 나비, 지렁이, 똥, 호랑나비, 모기 등과도 소통한다. 그럼에도 사진 속 자신이 손에 들고 있던 승리의 브이를 '혹시 보셨나요?' 하고 묻는다. 짧은 글, 행간마다 긴 이야기 숨어 있다.

친구 합시다

『민달팽이 편지』, 손인선, 학이사

장 창 수

꼬물꼬물 기어서 내 손에 들어온 책. '민달팽이 편지'다. 뽀얀 표지의 이 동시집童詩集은 마치 개량한복을 입은 여인처럼 우아하면서도 편안하게 다가온다. 아주 느린 속도로 천천히 알게 모르게 시나브로.

이 서평을 읽고 있는 그대, 혹시 직장 생활에 지치지는 않았는가? 사람들과 부대끼며 자칫 외로운 늑대1)의 심정

---

1) 전문 테러 단체 조직원이 아닌 자생적 테러리스트를 이르는 말. 이들은 특정 조직이나 이념이 아니라 정부에 대한 개인적 반감을 이유로 스스로 행동에 나선다는 특징이 있다.

을 헤아리는 것은 아닌지? 이 서평을 쓰고 있는 나는 그렇다. 서랍에 사직서 한 장을 넣어둔 채 숨 가쁘게 살아가고 있다. 다들 너무 빠르고, 포스 넘치게 휘두르는 광선검에 눈이 아프다.

다행스러운 건 '민달팽이 편지'가 있다는 것이다. 동시집이다. 동시집이라고 우습게 생각하지 마시라. 나는 우리 가곡 '명태'를 1986년 처음 들었는데, 이 동시집을 읽는 순간 그때의 충격을 그대로 느끼고 말았다. 마치 스승의 죽비가 흐리멍덩한 내 영혼을 내려치는 것처럼.

가곡 '명태'의 스토리를 떠올려 보자. 서평자는 의도적으로 검색이나 자료 확인 등을 하지 않았다. 한두 번 들은' 86년의 기억에 의존했으므로 구체적인 사실은 오류가 있을지도 모른다. 해석학적 소화라고 해 두자. 내 기억은 이렇다.

명태 한 마리가 바다에서 헤엄을 친다. 그러다 재수가 없어 어부의 그물에 걸려 버렸다. 그때부터 명태는 온갖 수난을 당했는데, 마지막에 이르러 팔려온 곳이 가난한 시인의 작업실이었다. 그때 명태가 이렇게 말했던 것 같다.

"가난한 시인의 안주가 되어도 좋다."

미안하도록 열심히 살자

민달팽이는 어디서 왔는지 모른다. 민달팽이도 제 딴에는 삶의 노정을 따라 먼 길을 왔을 것이고, 어쩌다 시인의 눈에 띄었을 것이다. 율하동에 사는 어느 주부에게 발견되었다면 세차게 내던져졌거나 심지어 밟혀 죽었을지도 모른다. 다행히 민달팽이는 포항에서 온 손인선 시인을 만났고, 그대로 한 편의 시詩가 되었다. '민달팽이 편지'는 그렇게 해서 태어났다.

민달팽이 편지

애써 가꾸던 화초,
이파리 다 뜯겨 화가 난 주인한테
민달팽이 온몸으로 남긴
한 줄짜리 반짝이 편지

- 미안하지만, 열심히 사는 중이에요

- p. 48 전문

　찌들은 마음으로 살아가는 현대인이 동시童詩를 완전히 이해한다는 건 불가하다. 비유와 상징이 어떻고 메타포가 어떻다고 해 봤자 민달팽이에게 민폐만 끼치는 일일 터. 자본주의에 젖은 우리에게 동시는 어쩌면 지구를 살리는 '제5원소' [2)]와 같은 것인지도 모른다.

　'미안하지만, 열심히 사는 중이에요' 이 한 구절에는 온 우주가 담겨 있는 것 같다. 이 서평을 읽고 있는 그대, 당신은 미안할 정도로 열심히 살고 있는가? 차마 내치지 못하고 누군가 한 편의 시로 표현할 만큼 열심히 살고 있는지? 이 서평을 쓰고 있는 나는 그래야겠다. 내일 아침 일찍 출근해 서랍 속의 사직서를 쫙쫙 찢어야겠다.

---

2) 미래 인류의 이야기를 그린 뤽 베송 감독의 SF영화로 1997년 개봉하였다. 제5원소는 4원소인 물, 불, 흙, 바람 등을 합치거나 그 이상의 것으로 절대악에 대응하기 위한 무엇으로 상징된다.

가곡 속의 명태는 좍좍 찢어지는 아픔을 느꼈을 것이다. 아팠을 것이다. 그래도 미안할 정도로 열심히 살아가는 시인을 보고는 새로운 의미를 깨달았을 것이다. 민달팽이가 한 편의 시가 되듯 명태 또한 한 줄의 시가 되어야겠다고 숭고한 포기를 한 것은 아니었을까.

명태는 시인과 친구가 되었다고 믿는다. 시인은 명태를 받아 주었고 명태는 시인에게 바다를 주었을 것이다. 명태가 바다를 준 것은 다 준 것이나 마찬가지니까. 명태와 가난한 시인과 민달팽이와 손인선 시인은 서로 순환하듯 통한다. 그리고 나도 슬며시 끼어들어 이들 모두와 친구가 되고 싶다.

2017년이 다 가기 전에 동시집 『민달팽이 편지』를 읽어 보자. 나 혼자 읽고 나 혼자 이들과 친구 하고 싶었는데…. 아깝지만 슬며시 내어 놓는다.

"우리, 친구 합시다!"

책과 함께 떠나는 여행

絃현에 眩현하다

絃에 眩하다
- 고령에 가다

|

강 여 울

1. 가야에 가야

'가야에 가야 우륵을 만나지.' 깜짝 놀란 듯이 눈을 떴
다. 겨우 세 시간 잤을 뿐이다. 약속의 힘이다. 잠에서 깨
어 단박에 일어나는 건 내게 어렵다. 알람 소릴 듣고도 더
이상 미룰 수 없을 때까지 뜸을 들인다. 그런 내가 눈을
뜨자 곧장 일어난 것도 놀라운데 목욕탕까지 다녀왔다.
가슴이 설렜다. 김훈의 장편소설 『현의 노래』 소설 속으
로 들어가듯, 가야 유적지를 돌아보기로 한 '서평쓰기 3

기 야외 수업'은 내게 박카스처럼 느껴졌다.

　소설의 주인공 우륵의 활동지이자 대가야 궁터가 있었던 곳이 바로 고령군이다. 서평쓰기를 지도하시는 문무학 선생님의 고향이기도 해 역사 밖 이야기에 대한 기대감도 컸다. 차를 타고 가는 중에 벌써 우륵이 가야금을 정정하게 울렸던 곳이라 해서 정정골이라는 지명 얘기를 하셨다. 김훈은 소설책의 첫 페이지 '일러두기'에 역사에 나오는 지명과 인물조차도 픽션으로 인정해 주길

강조하고 있었으므로 필자는 오늘 하루 백치가 되기로
했다.

감자 수확이 한창인 개진 들판을 지나 도착한 첫 방문
지는 개진면 개경포다. 개경포(장경나루)는 강화도에서 만
든 팔만대장경을 배에 실어 이곳에서 내려 해인사로 옮
겼다 하여 붙여진 이름이다. 조선시대까지 곡식과 소금
을 운송하던 커다란 포구였다는데 매여진 배 한 척 없고,
모터보트 한 대가 유유한 강물을 날카롭게 가르고 있었
다. 유래기에는 '원래 포구는 이곳보다 200미터 떨어진
개산開山 아래' 라고 적혀 있다.

개경포공원은 규모는 작지만 대장각판 군신기고문 기
념비와 팔만대장경 이운 행렬이 돌 모형으로 세워져 있
다. 경판을 들고, 안고, 이고 가는 이운 모형들의 차림과
표정을 살피는 것도 재미다. 탁 트인 강 쪽 풍경과 대조
적으로 공원 안쪽엔 띄울 수 없는 목조 배와 탐방로가 만
들어져 있다. 소설 속, 우륵이 말을 타고 마을을 벗어나

갔을 때 향기를 토해내던 숲이나 바람 부는 쪽으로 뒤집히며 나부꼈다는 자작나무는 발견할 수 없었다.

2. 쉬엄, 쉬엄

소설 속 우륵은 역사 속 우륵과 많은 거리가 있다는 선생님의 이야기를 듣는 사이 차는 금산재 고갯마루에 섰다. '금산. 의봉산 숲길' 이라는 안내판이 있는 고갯마루

에는 도로를 사이에 두고 양쪽 산 능선을 잇는 구름다리
가 있다. 일행 모두가 함께 올라보고, 구름다리에서 10여
미터 떨어져 있는 전망대에도 가 보았다. 사방 보이는 고
령의 풍경이 그림이다. 환영이라도 하는 듯 빗방울이 떨
어졌다. 밤꽃 냄새가 어질어질 멀미가 날만큼 진했다.

금산재를 너머 좌회전하여 자동차로 5분여 거리에 장

기리 알터마을 입구에 선사시대 유적인 암각화가 있다. 공원조성 공사 중이라 들어가는 길이 없었다. 바위에는 나선형의 동심원과 짐승의 가면 같은 그림이 여러 개 새겨져 있다. 오늘날의 사생 대회와 같은 것이 선사시대에도 있었던 것은 아닐까? 날카롭게 간 연장들을 시험도 해 볼 겸 바위에 그림 그리기 시합을 했을지도 모른다는 생각이 들었다.

차를 돌려 갔던 길을 되짚어 금산재 옆 대가야 수목원에 들어섰다. 입구 주차장을 지나 마당 분수를 지나니 우륵의 가야금과 양전리 암각화를 주제로 만들었다는 조각가 윤명국의 대형 스텐 조형물이 서 있다. 조형물을 지나면 산책로 양쪽으로 자연석 시비 '대가야인들/ 이하석', '이 숲에서 함께 뛰놀자/ 권영세', '숲을 읽다/ 문무학'가 있다. 시비의 시로 상도 받았다는 선생님의 시에 얽힌 이야기를 듣고 기념사진도 찍었다.

3. 우륵은 어디 있을까

3.1. 선물

몇 시간 동안 선사시대에서 현대까지의 긴 시간 여행을 한 기분으로 고령 시내를 지나 큰골 '참살이' 식당으로 이동을 했다. 식사를 끝내고 곧장 가서, 보이차를 마

신 곳은 '대가야 다례원'이다. 능이 올려다 보이는 곳으로 대가야궁터로 짐작되는 곳이라는 얘기를 뒤에 문화해설사에게 들었다. 다례원에 인접해서 향교, 당간지주, 군청, 문화누리, 대가야국악원, 대가야역사테마관광지와 왕릉전시관과 대가야박물관이 있다. 다례원에서 나오며 대가야국악원에 들렀다. 선생님은 당신의 시비가 사라졌다며 당황하셨다.

3.2 시비에 대한 시비

우륵 박물관에 도착했을 때는 비가 제법 촘촘하게 내렸다. 워낙 반가운 비라 기꺼이 맞았다. 국악당 앞에 세워졌었다는, 사라진 시비가 우릴 기다리고 있었다. 우륵 박물관 정원에 선생님의 '우륵' 시비는 그곳이 본래 자리인 듯 보였다. 선생님은 뜻밖의 선물을 받은 표정이셨다. 놀라운 것은 작년에도 선생님은 이곳에 오셨는데 그

때는 시비를 못 보셨다고 한다. 우리는 누구라도 보려고 하는 것만 보게 된다며 시비是非를 마쳤다.

선생님의 시 우륵은 역사적 자료를 바탕으로 노래했고, 김훈의 소설 속 우륵은 상상으로 그린 인

154

물이다. 같은 우륵이나 전혀 다른 우륵일 수도 있고, 아닐 수도 있다. 역사가 기록한 인물이나 그에 대한 자세한 일대기 자료가 없고, 김훈이 지어낸 우륵 역시 같은 가야의 악성임에는 틀림없다. 그러므로 어느 것이 진짜 우륵이냐는 말은 우문일지도 모른다. 분명한 것은 우륵이 금을 자신의 몸처럼 다뤘고, 금의 소리로 심금을 울렸다는 것이다.

3.3 44호 고분

무덤 속은 달 속이다. 숨이 사라진 적막의 달 속을 사람

들이 숨을 불어넣는다. 숨이 숨을 따르는 순장은 달처럼 둥글다. 이사 가듯이 왕을 따라 집을 옮겨간 사람들 심심하진 않겠다. 아이는 아빠 품에 안겨서, 여자는 남자 품에 안겨서, 장군을 무기를 들고 따르고, 농부, 목수, 어여쁜 처녀도 따라 가고, 왕은 살아서도 죽어서도 편하지 않겠다. 가보지도 않은 정토를 어찌 알고 강제로 건너가게 했던가.

나무를 베어내고 무덤으로 만든 산을 거느리고 속 비운 44호의 혼들은 승천했을까. 전시관으로 이사 온 무덤 속은 참 평화롭게 적막하다. 무덤 벽에는 불 밝힌 유물들이 녹을 뒤집어쓰고 풍화 중이다. 잠들어 온 시간만큼 더 기다리면 바람이 될까. 적막한 기다림이 천장을 견디는 것 같다. 조개로 만든 국자에서 천오백 년 전의 국물이 남아 있을까 샅샅이 핥으니 눈이 시리다. 조개가 버린 몸인데도 조개를 기다리는 몸처럼 보인다.

3.4 琴, 儁, 今

7백여 기의 지산동대가야고분군, 무덤 속에 우륵은 없다. 무덤에 없는 우륵이 낮질, 가야금마을에 있다. 바로

우륵박물관이다. 우륵 가야금 박물관이라고 이름 붙여도 좋을 것 같다. 박물관 오른쪽에 우륵국악기연구원이 있는데 그곳에선 가족단위로 가야금체험교실을 운영하는데 참가 신청자가 많이 밀려 있을 만큼 인기가 있다고 한다. 정원에는 가야금과 어울리게 만들어진 연못에 수련이 피어 있었다.

가야금을 해부해 알뜰히 살펴보고, 가야금과 함께 어울리는 다른 국악기와 오늘날 현이 배로 늘어난 다양한

형태의 가야금도 보았다. 우륵을 만나러 와서 가야금을
정독한 기분이다. 우리 악기에 대한 자부심 때문인지 임
금이 납셨던 길이라는 '낫질' 마을 이름이 정겨웠다. 낫
질 따라 올라가 본 정정골 중화저수지에 총총히 씌어지
는 빗글을 해독하려 애써 보았다. 비에 노출된 시간이 길
어지면서 따뜻함에 대한 그리움이 일었다.

4. 고령은 가야

우륵 때문일까. 나 자신도 모르게 고령을 가야라고 한
다. 아침에 잠이 깨자마자 '가야에 가야지' 했던 것과 같
다. 오늘의 첫 단어인 가야를 종일 누볐다. 가야는 우륵
뿐만 아니라 우륵이 살던 시대의 순장제와 백제 신라의
유물을 비교하면서 감상할 수 있게 해 놓았다. 무엇보다
문화해설사들의 문화에 대한 해박한 지식과 재미있게 풀
어서 해 주는 설명이 인상적이었다. 오래 기억에 남도록
각인시켜 주는 해설 능력이다.

선사시대 유적으로 산꼭대기나 바위에 새겨진 윷판처럼 생긴 그림이 있다. 씨 뿌리는 시기와 관련된 것으로 북두칠성의 위치를 관찰하기 위한 것이라는 걸 처음 알았다. 순장제에 대해서, 그리고 유물의 모양이나 문양을 보고 그것을 사용한 나라를 구별하는 법도 알게 되었다. 빠듯한 일정을 효율적이게 모든 기념관이나 전시, 박물관에 상시 문화해설사가 관람을 돕는 고령의 문화 행정을 칭찬하고 싶다.

분명한 역사적 자료가 없다는 것은 그만큼 무한한 이야기가 있다는 뜻이다. 김훈이 '현의 노래'로 우륵의 생애를 그렸듯이 누구라도 또 다른 우륵을 낳을 수 있다. 이것은 희망과 신화의 탄생이 될 수도 있다. 내가 아직 발견하지 못한 아득한 곳에서 우륵이 오늘 내게로 한 발걸음을 떼 주길 소망해 본다. 마른 몸에 봄물 오르듯 가슴이 뛴다. 한 줄, 한 줄 명주실을 더해 꼴 때마다 천오백 년 전에 봉인된 우륵의 말들아, 문장으로 살아서 오라.

넘버 3

넘버 3

장 창 수

학이사 독서아카데미 3기를 수료하며

학이사 독서아카데미 수료식이 있었다. 2017년 6월 29일 대구출판산업지원센터 1층 다목적홀. 4월부터 6월까지 학이사 독서아카데미 서평쓰기 3기 과정이 있었고, 무사히 수료한 나는 수료중 1707호를 받았다.

26일부터 '북디자인의 전후좌우' 전이 전시되고 있었다. 박병철 디자이너의 작품이 다. 그 위에 『내 책을 말하다』 출판 기념회가 포개졌고, 다시 그 위에 '학이사 10주년' 이라는 큰 의미가 포개졌다.

　3기생은 3기생끼리 원탁 테이블 하나를 차지하고 액자 속 액자 속 액자 소설처럼 수료식을 맞았다. 누군가가 노래를 불렀고, 우리는 같이 밥을 먹었다. 영화 '넘버3'의 대사처럼 같이 입을 벌려 밥을 먹었으므로 우리는 식구가 되었다.

　큰 의미 속에 중간 의미, 또 그 속에 우리가 있었으므로 수료식은 소박하게 기억되었다. 많은 사람들의 이름이 불려졌다. 학이사에서 책을 낸 분들의 의미 있는 이름들. 그 이름들 다음에 3기, 우리 넘버3 기수가 수료식을 했다.

당신의 삶에도 매직이

지난 3개월을 돌아보니 참으로 쏜살같다. 화살을 쏘아 놓고 아무리 빨리 달린들 그보다 빠를 수는 없으리라. 쏜살은 관우의 적토마로도 따라잡을 수 없다. 시간의 속도는 이처럼 빠른데, 안타깝게도 현대인의 삶 또한 빠르고 바쁘다.

지난 강의 자료를 보니 두 편이 없다. 두 번 결강했기 때문이다. 등록 후 첫 수업에 불참하고는 '독서아카데미라니, 괜한 시도를 했나' 하는 자책에 빠지기도 했다. 2강 '독篤하게 독讀하라'가 첫 강좌가 되었는데, 그 도타운[篤] 분위기를 한번 경험하고 나서는 저절로 빠져들고 말았다.

독서아카데미의 문무학 선생님을 처음 보았을 때, 나는 하얀 마법사인 '간달프'를 연상했다. 간달프는 영화 '반지의 제왕'에 나오는 지혜의 마법사로 하얗게 변신했을 때 가장 강력한 힘을 발휘했다. 문무학 선생님의 하얀 백발白髮에도 무한한 지혜가 담겨 있으리라 상상했다.

논하고 평하고 정鑑하는 등 강좌가 거듭되는 동안 내면에는 많은 변화들이 일어났다. 단순한 텍스트에 삶의 경험과 지혜가 이식되는 느낌이랄까. 변화는 성장으로 이어지는 것이니 이 얼마나 놀라운 일인가. 정체된 삶에 매직 같은 변화가 필요하다면 독서아카데미를 경험해 보면 어떨까?

영화에서 '넘버3'는 다소 미흡한 존재로 비친다. 넘버1이 조직의 권력자이고 넘버2가 과격한 2인자라면 넘버3는 이도 저도 아닌 그 다음의 존재로 그려진다. 하지만 주인공은 엄연히 넘버3다. 현실에서의 우리가 넘버3를 닮았기 때문은 아닐까.

우리나라 사람에게 3은 완성이라는 의미도 있다. 그래서 삼세판이란 말도 있고, 실수도 두 번까지는 용서된다. 독서와 글쓰기도 잘해 보려고 얼마나 노력했던가. 만약 새로운 해법을 찾는 분이 있다면 학이사의 독서아카데미를 추천한다. 당신의 간달프를 만날 것이다.

學而思독서아카데미

제3기 서평쓰기
2017. 4. 6 ~ 6. 29